文庫

文庫書下ろし／長編時代小説

覚悟

鬼役 八

坂岡　真

KOBUNSHA

光　文　社

この作品は光文社文庫のために書下ろされました。

目次

※巻末に鬼役メモあります

幕府の職制組織における鬼役の位置

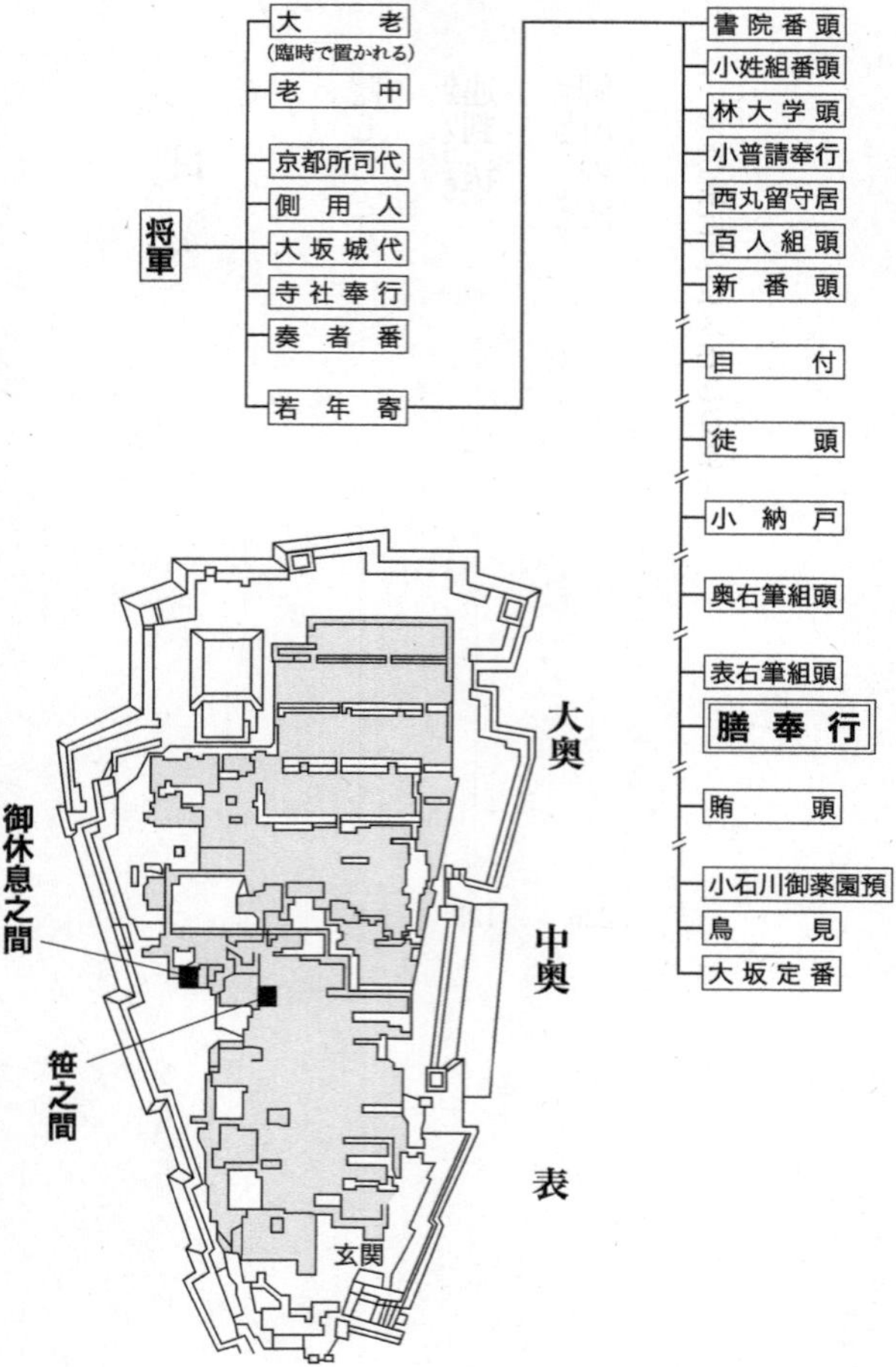

鬼役はここにいる！

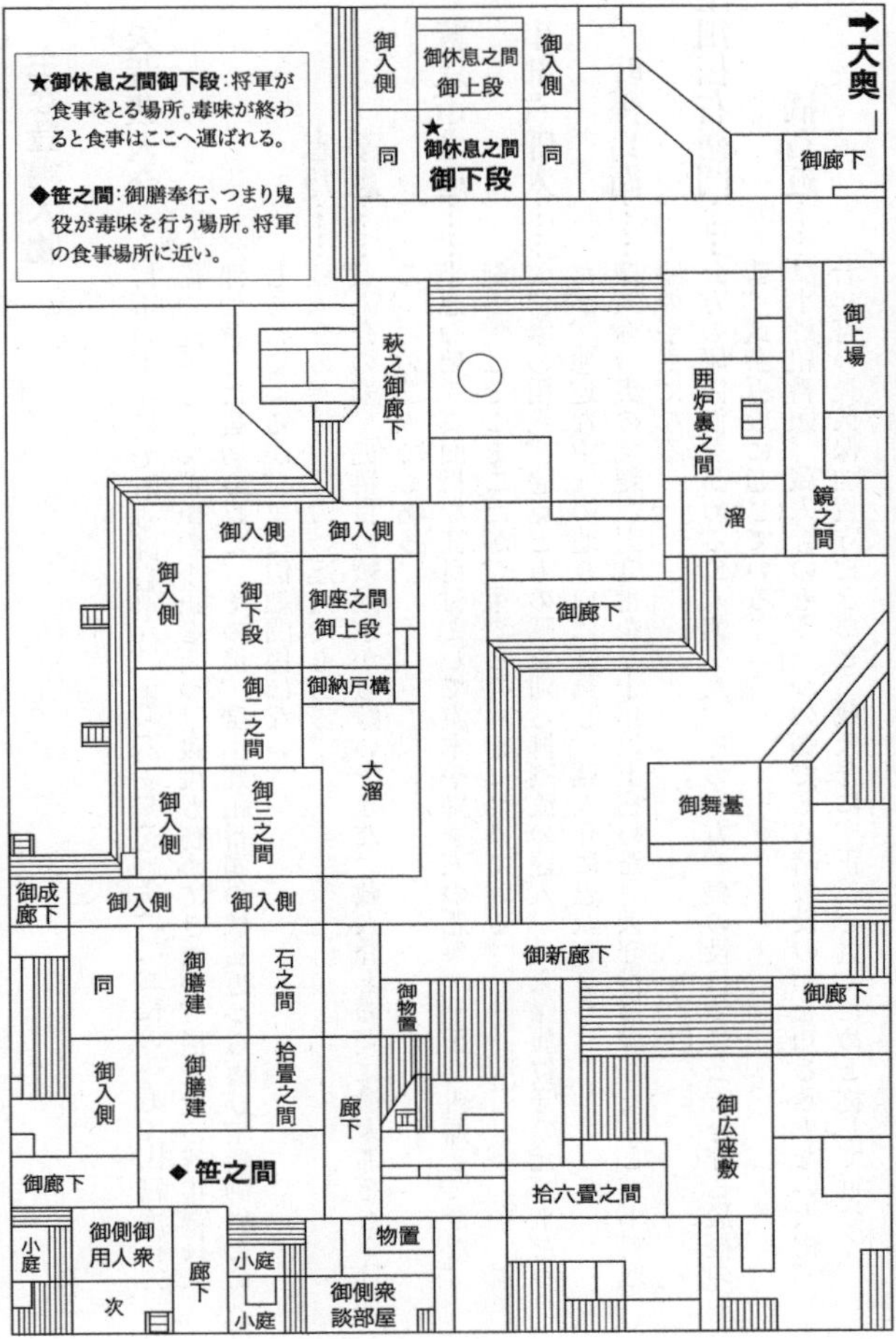
★御休息之間御下段：将軍が食事をとる場所。毒味が終わると食事はここへ運ばれる。
◆笹之間：御膳奉行、つまり鬼役が毒味を行う場所。将軍の食事場所に近い。
→大奥
御入側
御休息之間
御上段
御入側
同
★御休息之間
御下段
同
御廊下
萩之御廊下
御上場
囲炉裏之間
溜
鏡之間
御入側
御入側
御入側
御下段
御座之間
御上段
御納戸構
御廊下
御二之間
大溜
御舞臺
御入側
御三之間
御成廊下
御入側
御入側
御新廊下
同
御膳建
石之間
御物置
御廊下
御入側
御膳建
拾畳之間
廊下
御広座敷
◆笹之間
御廊下
拾六畳之間
小庭
御側御用人衆
次
廊下
小庭
小庭
物置
御側衆談部屋

主な登場人物

矢背蔵人介……将軍の毒味役である御膳奉行、またの名を「鬼役」。お役の一方で田宮流抜刀術の達人として幕臣の不正を断つ暗殺役も務めてきたが、指令役の若年寄長久保加賀守に裏切られた。その後、御小姓組番頭の橘右近から再び暗殺御用を命じられているが、まだ信頼関係はない。

志乃……蔵人介の養母。薙刀の達人でもある。

幸恵……蔵人介の妻。徒目付の綾辻家から嫁いできた。蔵人介との間に鐵太郎をもうける。弓の達人でもある。

綾辻市之進……幸恵の弟。真面目な徒目付として旗本や御家人の悪事・不正を糾弾してきた。剣の腕はそこそこだが、柔術と捕縄術に長けている。

串部六郎太……矢背家の用人。悪党どもの臑を刈る柳剛流の達人。長久保加賀守の元家来だったが、悪逆な主人の遣り口に嫌気し、蔵人介に忠誠を誓う。

叶孫兵衛……蔵人介の実の父親。天守番を三十年以上務めた。天守番を辞したあと、小料理屋の亭主になる。

土田伝右衛門……公方の尿筒役を務める公人朝夕人。その一方、裏の役目では公方を守る最後の砦。武芸百般に通じている。

橘右近……御小姓組番頭。蔵人介のもう一つの顔である暗殺役の顔を知る数少ない人物。若年寄の長久保加賀守亡きあと、蔵人介に、正義を貫くためと称して近づく。

鬼役 八

覚悟

隠しとどめ

一

公人朝夕人《くにんちょうじゃくにん》、土田伝右衛門《つちだでんえもん》は囁《ささや》いた。

「獲物は檜皮河岸《ひわだがし》の十和田屋源兵衛《とわだやげんべえ》。材木商の皮をかぶった悪党にござるよ」

伝右衛門の吐く息は白い。

公方《くぼう》の尿筒《しとづつ》持ちを役目にする十人扶持《ぶち》の軽輩が、裏にまわれば暗殺御用の連絡役《つなぎ》に変わる。

矢背蔵人介《やせくらんどのすけ》は豊海橋《とよみばし》の南詰めに隠れ、獲物があらわれるのを待っていた。

役者のように鼻筋のとおった横顔だ。ほとんど瞬《まばた》きをしない切れ長の眸子《まなこ》と真一文字に結ばれた唇《くち》もとは、対面する者に冷徹な印象を与える。

ここは凍《い》てつく霊岸島《れいがんじま》の南新堀《みなみしんぼり》、日本橋川《にほんばしがわ》（新堀）が大川《おおかわ》へ注ぐ川端だ。

冬至《とうじ》には据え風呂に柚子《ゆず》湯をたてた。

七五三の賑《にぎ》わいも去ると江戸市中には秩父颪《ちちぶおろし》が吹きあれ、しばらくして寒《かん》の入りとなる。

家々の屋根も道も橋も、うっすらと雪の衣を纏《まと》っていた。

『十和田屋』が看板を掲げる檜皮河岸は、南新堀から後方へ四丁《ちょう》ばかり歩いた新川沿いにある。霊岸島の新川といえば酒問屋が軒《のき》を並べるところだが、檜皮河岸の一角には材木商も散見された。十和田屋は大名に借金を申しこまれるほどの大店《おおだな》で、弘前《ひろさき》藩津軽《つがる》家十万石《ごく》の御用達《ごようたし》としても知られている。

「十和田屋め、門前仲町《もんぜんなかちょう》に春風楼《しゅんぷうろう》と申す馴染《なじ》みの茶屋がござりましてな、夜ごと普請方《ふしんかた》の役人たちを招いては呑めや歌えやの大騒ぎを繰りかえしてござる」

接待の多寡《たか》が城普請や道普請の入札に影響する。世知辛《せちがら》い世の中だ。

悪智恵のはたらく悪党どもは金を儲《もう》けて極楽気分を味わい、地道に生きるしかない連中は寒空《さむぞら》のもとで貧困に喘《あえ》いでいる。理不尽な世の中を嘆く暇があるなら、手っとり早く悪党をひとり葬《ほうむ》ったほうがよい。

豊海橋を渡って辰巳《たつみ》の方角には、富岡八幡宮《とみがおかはちまんぐう》に通じる長大な永代橋《えいたいばし》がみえた。

永代橋のたもとには、船番所《ふなばんしょ》の御用船も何艘《そう》か繫《つな》がっている。

「あのように船番所は目と鼻のさきでござるが、ご心配にはおよびませぬ。さきほど小者《こもの》に化けて立ちより、焙《ほう》じ茶の急須《きゅうす》に眠り薬を仕込んでおきました」

武芸百般《ぶげいひゃっぱん》に通暁《つうぎょう》し、いざとなれば公方を守る最強の盾《たて》にもなる伝右衛門であったが、城からいったん離れたら、よほどのことでもないかぎり白刃は抜かない。

獲物を葬る役目は、たかだか二百俵《ぴょう》取りの御膳奉行《ごぜんぶぎょう》が負わされていた。

――幕臣どもの悪事不正を一刀のもとに断つ。

今は亡き養父信頼《のぶより》の遺言が耳から離れない。

近習《きんじゅ》を束ねる御小姓組番頭《おこしょうぐみばんがしら》橘右近《たちばなうこん》の密命にしたがい、白洲《しらす》で裁けぬ悪党どもに引導《いんどう》を渡すのだ。

公人朝夕人のもくろみどおり、小役人たちは鼾《いびき》を搔《か》いていることだろう。

町木戸の閉まる亥《い》ノ刻を過ぎてからは、永代橋を渡る人影もほとんど見掛けなくなっていた。

獲物は駕籠《かご》で辰巳の方角からやってくる。

狙うとすれば、永代橋の西詰めから左手に曲がって豊海橋に差しかかったあたりがよい。狭い橋のうえならば、左右に逃れる道はないからだ。

それにしても、寒い。

懐中に抱いた温石《おんじやく》は、すでに熱を失っている。

新川の『猩々庵《しょうじょうあん》』で温かい蕎麦《そば》を啜《すす》りたくなった。

泥土のような涅色《くりいろ》羽織の襟《えり》を寄せ、蔵人介は公人朝夕人に問いかける。

「十和田屋は何をやった」

「やはり、申さねばなりませぬか」

「それが密命を受ける条件と言ったはず。橘さまも首肯《しゅこう》なされたぞ」

「抜け荷にござるよ。津軽家の重臣と結託し、私腹を肥やしており申す」

伝右衛門はこともなげに言い、声をあげずに笑った。

「何が可笑《おか》しい」

「どうやら、抜け荷ごときでは満足していただけぬご様子なので。されば、このようなはなしはいかがでござろう。つい先日、十和田屋はのぞまぬ子を孕《はら》んだ妾《めかけ》のことが鬱陶《うっとう》しくなり、ご先祖への墓参りと称して菩提寺《ぼだいじ》へ連れだしましてな。そしてあろうことか、本堂へ通じる石段のてっぺんから妾を蹴落としたのだとか」

何十段も石段を転がった妾は即死だった。

殺《あや》めた疑いがあったにもかかわらず、十和田屋は罪に問われなかった。

顔の利く町奉行所の不浄《ふじょう》役人に袖の下を渡し、巧みに罪を逃れたのだ。

「ふふ、いかがでござる。その気になられたか」

蔵人介は何もこたえず、のっそり身を乗りだす。

「鬼役どの」

伝右衛門に呼びとめられ、首を捻《ひね》りかえした。

「妾のはなし、偽りならばどうなさる」

蔵人介は、ぎろっと目を剝《む》く。

「おぬしを斬る」

「ふっ、なるほど」

「おぬしだけではない。橘さまも同罪じゃ」

「くく、できましょうかな。徳川家の禄《ろく》を喰《は》んでおるかぎり、天地がひっくり返っても上役《うわやく》の命には逆《さか》らえぬはず。橘さまが本丸の御膳奉行を若年寄《わかどしより》の直下から御小姓組のもとに組みかえなされたのも、幕臣屈指の剣客と評される鬼役どのに心おきなく暗殺御用をおつとめいただくため」

「矢背家は代々、お毒味をもって将軍家に仕《つか》えておる。毒ならば喜んで喰《くら》うが、無《む》体《たい》な人斬りは御免だ」

「あいかわらず、青臭いことを仰《おつしや》る。暗殺御用は御先代から引き継がれた歴《れき》としたお役目にござろう」

そのとおりだ。かつては一片《いつぺん》の疑いもなく、過酷な密命にしたがった。ところが、命を下していた若年寄の卑劣な正体を知り、役目を果たすことの無意味さに気づいた。忠義の二文字は消えてなくなり、幕臣の矜持《きようじ》も失いかけた。

「以前の飼い主は、この世におりませぬ。義憤に駆られた鬼役どのが、その手で成敗《せいばい》なされたのじゃ。くふふ、次期老中に推輓《すいばん》されたほどの大物を手に掛けておきながら、鬼役どのは打ち首を免《まぬか》れた。矢背家も断絶《だんぜつ》の沙汰《さた》を受けずに済んだ。裏にまわって救いの手を差しのべられたのが、橘さまにござる」

「こちらから頼んだわけではない」

「憎まれ口を叩きなさるな。橘さまは鬼役どのを買っておられます。腕の立つ幕臣はいくらでもいようが、胸に正義の志《こころざし》を秘めた反骨漢《はんこつかん》を捜すのは難しい。ゆえに、三顧《さんこ》の礼をもって配下にしようとなされた。旗本《はたもと》最高位にして職禄四千石《ごく》の御大身《たいしん》が、二百俵取りの鬼役風情《ふぜい》に頭を下げたのじゃ」

「今宵はよう喋《しやべ》るな」

「いつまでも迷うておられるからでござる。そろりと、あきらめなさるがよい。お役目には裏も表もござらぬ。恨《うら》むなら、ご自身の運命《さだめ》をお恨みなされ」

同じことばを、そっくりそのまま返してやりたい。

蔵人介は渋い顔になり、公人朝夕人に背を向けた。

さきほどから、白い風花《かざはな》がちらついている。

「へい、ほう。へい、ほう」

豊海橋の向こうから、駕籠かきの声が聞こえてきた。

獲物だ。

闇の狭間《はざま》から、提灯《ちょうちん》がひとつ近づいてくる。

提灯持ちの手代まで斬るつもりはない。

「へい、ほう。へい、ほう」

蔵人介は顔を晒《さら》さぬよう、鼻と口を黒布で覆った。

冷たい川風に袖を靡《なび》かせ、猫背で足早に歩きだす。

異変がおこったのは、そのときだ。

「うひっ」

提灯の炎が、ふっと消えた。

「ひゃあああ」

駕籠かきどもが逃げていく。
刹那《せつな》、闇に白刃が閃《ひらめ》いた。
「ぬぎゃっ」
断末魔の叫びだ。
「すわっ」
蔵人介は雪を蹴った。
髷《まげ》を飛ばし、豊海橋を駆けぬける。
駆けながら、血腥《ちなまぐさ》い臭いを嗅《か》いでいた。
主のいない宝仙寺《ほうせんじ》駕籠が横倒しになっている。
橋を渡ったさきだ。
まわりに怪しい人影はなく、気配も感じられない。
雪上には鮮血がひろがっていた。
まるで、寒椿《かんつばき》の花をちりばめたかのようだ。
駕籠のそばに、肥えた商人が俯《うつぶ》せになっている。
「十和田屋か」
身を寄せて片膝をつき、首筋に指を当てた。

脈はない。

屍骸《むくろ》を表に返してみると、袈裟懸《けさが》けの一刀で命を断たれていた。

「……う、うう」

提灯持ちの手代が、少し離れた雪の上で呻《うめ》いている。

歩みよって確かめると、こちらは息があった。

どうやら、峰打ちにされただけらしい。

活《かつ》を入れるや、はっと目を醒《さ》ます。

「ひゃっ」

蔵人介の顔をみるなり、腰を抜かしかけた。

「案ずるな。助けてやったのだ。おぬし、刺客《しかく》の顔をみたか」

怯《おび》えた手代は、懸命に首を横に振る。

背後から、人の気配が近づいてきた。

屍骸のそばに、公人朝夕人が立っている。

「先を越されましたな。これは袈裟懸けにあらず、逆袈裟に斬りあげた一刀にござる」

なるほど、そうかもしれない。屍骸の左肩よりも右脇腹のほうが傷は深かった。

白刃の軌道は下から斜め上方へ抜けていったのだろう。

「構えは逆車《さかぐるま》か」

「逆車からの片手斬りかもしれませぬな。いずれにしろ、相当な遣い手にござる」

伝右衛門は何かをみつけ、屍骸の懐中に手を突っこむ。

血の付いた懐紙《かいし》を何枚か取りだした。

「鬼役どの、これを」

「ん、どうした」

抛《ほう》られた懐紙が宙に舞い、風に飛ばされていく。

「隠しとどめか」

「いかにも」

斬り捨てた相手に敬意を払うべく、刀の血を拭《ぬぐ》った懐紙をわざと懐中に残す。

とどめを刺すかわりにおこなう武士の作法であった。

「くく、鬼役どのに先んじたのは、どうやら、礼を重んじる刺客らしい」

伝右衛門は嘲《あざけ》るように笑い、橋詰めの暗闇に目を凝《こ》らす。

闇の向こうで赤い目が光ったように感じられた。

「くそっ」

吐き気を催した。

乗り気ではなかったにもかかわらず、役目を果たせなかった口惜しさが迫《せ》りあがってくる。

雪は音もなく降りつづき、地獄へ堕《お》ちた悪党に死に化粧をほどこしていった。

二

天保《てんぽう》七年（一八三六）、霜月《しもつき》二十八日。

月次《つきなみ》の吉日でもある今日は朝からよく晴れたものの、凍りついた足許《あしもと》は滑り、市《いち》ケ谷御納戸町《がやおなんどまち》から千代田《ちよだ》城へ向かう道中は困難をきわめた。

「ぐしゅっ」

用人《ようにん》の串部六郎太《くしべろくろうた》は、さきほどからくしゃみばかりしている。

江戸では「お七風邪《しちかぜ》」の再来と噂されるたちのわるい風邪が流行《はや》っており、薬種《やくしゅ》問屋の葛根湯《かっこんとう》は底をついたとの噂もあるほどだ。

「無理をするなと申したであろう」

蔵人介が辟易《へきえき》とした様子で諭すと、串部は小さな眸子《まなこ》を剝いた。

「いいえ、そうもまいりませぬ。三日も寝込んだあげく、裏のお役目も果たせず仕舞《まい》い。熱もさがりましたゆえ、これ以上はご迷惑を掛け……ごほっ、げほっ、ぐえほっ」

「おいおい、伝染《うつ》されたら迷惑だぞ」

「承知しております」

蟹《かに》のような体軀《たいく》の串部は三歩さがり、申し訳なさそうな顔をする。

「情けない面《つら》をするな」

「はあ」

家人も知らぬ裏の役目を、年四両二分の薄給《はっきゅう》で雇われたこの男だけは知っていた。

腰に差す刀は「鎌髭《かまひげ》」とみずから称する同田貫《どうたぬき》、ひとたび抜けば悪党どもの向こう臑《ずね》が切り株のように並ぶ。臑斬りを得手《えて》とする柳剛流《りゅうごうりゅう》の達人も、流行風邪には抗する術《すべ》を持たぬらしい。

そもそもは暗殺御用の手助けをすべく、若年寄の役宅から寄こされた男だった。若年寄を蔵人介に成敗《せいばい》され、本来の主人を失ったにもかかわらず、恨みを抱くどころか、矢背家の用人として何年も踏みとどまっている。

とどまる理由を問うても、無骨《ぶこつ》な串部は口をもごつかせるだけだ。

一度だけ「殿に惚《ほ》れた」と低声《こごえ》で言ったが、聞こえないふりをした。

ふたりは迷路のような番町《ばんちょう》を抜け、半蔵《はんぞう》御門を左手にみながら濠端《ほりばた》を進んだ。

靄《もや》のかかった川面《かわも》には、つがいの鴛鴦《おしどり》が寄りそうように泳いでいる。

このあたりは外桜田《さくらだ》の弁慶濠《べんけいぼり》そば、右手前方に井伊掃部頭《いいかもんのかみ》の上屋敷がみえてくると、桜田御門は近い。井伊家の敷地にはそのむかし、加藤清正《かとうきよまさ》の豪壮《ごうそう》な屋敷が建っていた。

表門のまえには今でも、清正によって植えられた皁莢《さいかち》の木が整然と並んでいる。

「殿、眩《まぶ》しゅうござりますなあ」

枡形《ますがた》の桜田御門の向こうに、白銀に輝く三重の富士見櫓《ふじみやぐら》をのぞむことができた。

登城する幕臣にとってはあたりまえの風景だが、蔵人介はいつも物足りなさを抱いてしまう。

なぜかはわかっていた。

櫓はあくまでも櫓にすぎず、天守《てんしゅ》の役割を果たさぬからだ。

千代田城には天守がない。権現家康《ごんげんいえやす》の江戸入府以降、本丸《ほんまる》の天守は三度築かれた。

ところが、第四代将軍家綱《いえつな》の御代《みよ》に明暦《めいれき》の大火で焼失してからは、百八十年近くも再建されていない。莫大な費用が掛かるので、歴代の将軍も二の足を踏んだ。

本丸の南端に鎮座する富士見櫓は「八方正面《はっぽうしょうめん》の櫓」と評され、流麗《りゅうれい》な威容《いよう》を誇っている。

だが、銅瓦葺《どうがわらぶき》の屋根を五層に重ねた天守には遠くおよばない。

蔵人介が天守にこだわるのは、織田信長《おだのぶなが》が岐阜《ぎふ》城に天守を築いて以来、城は天守をもって城となすと頑《かたく》なに考えているからだ。ほかにもうひとつ、実父の叶孫兵衛《かのうまごべえ》が天守番としてありもしない天守を三十数年も守りつづけてきたこととも関わりがある。

登城の際にいつも一抹《いちまつ》の虚しさを感じるのは、本来あるべきものへの憧憬《しょうけい》からかもしれない。

桜田御門を潜《くぐ》ると、西御丸下から大手《おおて》御門まで玉砂利の道がつづいている。

今朝は一面の雪だ。

「殿、ひとつお聞きしても」

「何だ」

「獲物を狩った刺客は、隠しとどめをしていったとか。ずいぶん礼儀正しい刺客でございますな」

楽しげに漏らす串部を叱るべく、蔵人介は足を止めた。

「公人朝夕人に聞いたのか」

「いけませぬか。拙者《せっしゃ》はこうみえても、殿の警護役にござる。裏の御用の詳細を知っておかねばなりませぬ。あやつもそれを承知しておるからこそ、拙者を連絡役《つなぎ》に使うのでござる」

串部は一歩近づき、くしゃみを放つ。

「ぐしゅっ」

「ほれ、また出た」

「申しわけございませぬ……ぐしゅっ」

「やれやれ」

裃《かみしも》姿の蔵人介は串部に背を向け、大股で歩きだす。

大手御門へとつづく広大な敷地には、股立《ももだ》ちをとった襷《たすき》掛け姿の侍たちが大勢で雪をかいていた。

「殿、小普請組《こぶしんぐみ》の方々でございますぞ」

串部が、ぴったり背中に張りついてきた。

「精が出ますなあ」

無役で暇を持てあましている連中が、汗みずくになって雪を除いている。

「ほれ、腰を入れよ。休むでない」

と、ひときわ大声を張りあげる陣笠《じんがさ》の人物が差配役《さはい》らしい。

「あのお方は、どなたさまでござりましょう」

「さあな」

串部に問われて首をかしげたが、どこかで見掛けたことのある顔だ。

差配役のもとへ、いかにも偉そうな八の字髭《ひげ》の人物が近づいていく。

「遠山氏《とおやまうじ》、精が出るのう」

ぽんと肩を叩かれた差配役は、途端に渋い顔をしてみせた。

それで合点《がてん》できた。

肩を叩いた八の字髭は作事《さくじ》奉行の浅水飛驒守長房《あさみずひだのかみながふさ》、叩かれた差配役は小普請奉行の遠山左衛門少尉景元《さえもんのしょうじょうかげもと》だ。

役料《やくりょう》はどちらも同じ二千石だが、老中支配と若年寄支配のちがいがあり、控えの間も差をつけられている。同じ旗本役ではあるものの、作事奉行のほうが格上なのは一目瞭然《いちもくりょうぜん》だった。

「羨《うらや》ましゅうございますな。同じ奉行でも御膳奉行は二百俵取りにすぎませぬ。にもかかわらず、ときには毒をも啖わねばならぬ」

「ふん、わかりきったことを抜かすな」

御膳奉行は城内の公式行事で布衣《ほい》の着用も赦《ゆる》されない。小役人同然の旗本役だが、公方の身代わりに毒を啖わねばならぬときもある。毒のみならず、箸で取りわすれた魚の小骨《こぼね》が公方の喉に刺さっただけでも斬罪される。小骨ひとつで命をも落としかねない神経の磨《す》りへる役目なのだ。

蔵人介は生まれてすぐに実母を亡くし、御家人《ごけにん》の実父によって育てられた。十一歳で毒味を家業にする矢背家の養子となり、十七歳で跡目《あとめ》相続を容認されたのち、二十四歳のときに晴れて出仕《しゅっし》を赦された。

十七から二十四にいたる七年のあいだ、養父から毒味作法のいろはを厳しく仕込まれたのだ。

――毒味役は毒を啖うてこそのお役目。河豚《ふぐ》毒に毒草、毒茸《きのこ》に蟬《せみ》の殻《から》、なんでもござれ。死なば本望《ほんもう》と心得よ。

爾来《じらい》、役に就いて二十五年、三日に一度めぐってくる泊番《とまりばん》の際は首を抱いて帰宅する覚悟を決めている。

「まこと、割に合わぬお役目にございますな」

串部の皮肉を聞きながし、蔵人介は袂《たもと》をひるがえす。

割に合わぬ役目に向かうべく、下馬先へ踏みこんでいった。

三

笹之間、夕刻。

蔵人介は静かに端座《たんざ》し、夕餉《ゆうげ》の毒味に備えていた。

笹之間は中奥《なかおく》にある御膳所《ごぜんしょ》の東端に位置し、大厨房《おおちゅうぼう》でつくられた料理の数々はまっさきにここへ運ばれてくる。

鬼役はふたりずつの交代制でやりくりされ、宿直《とのい》明けの退城は翌朝に出される朝餉の毒味を無事に済ませた巳《み》ノ刻前後とたいていはきまっていた。

相番《あいばん》はどちらか一方が毒味役、残ったひとりは見届《みとどけ》役となる。

笹之間がいつも平穏であるとはかぎらない。

将軍家斉《いえなり》は何度となく命を狙われてきたし、鬼役に化けた刺客が送りこまれ、みずから仕込んだ烏頭《うず》毒を舐《な》めて悶死《もんし》したこともあった。

蔵人介自身も毒を啖い、生死の境をさまよったことがある。

そのときばかりは「死なば本望と心得よ」という家訓を呪った。

鬼役に必要なものは、鉄の胃袋と何事にも動じぬ胆力《たんりょく》にほかならない。

蔵人介は、そのふたつを兼ねそなえている。そうでなければ、二十五年もの長きにわたって鬼役はつとまらない。

今宵の相番は、鮟鱇《あんこう》のようにでっぷり肥えた桜木《さくらぎ》兵庫《ひょうご》だ。

ろくに毒味もこなせぬ男が鬼役にとどまっているのは、御膳所内でも七不思議とされている。

「矢背どの、雪かきの差配役をご覧になったか」

「みました。それがどうかされたか」

「あのお方は小普請奉行の遠山景元さまじゃ。礼儀をわきまえぬ小普請組の連中は、金四郎《きんしろう》という通り名で呼んでおる」

「金四郎」

「若い時分は、かなりの無鉄砲者であったらしい。喧嘩に明け暮れ、桜吹雪《さくらふぶき》の刺青《ほりもの》まで背負っておるとか」

なるほど、噂には聞いたことがある。

遠山家の今を築いたのは、有能な官吏《かんり》の父景晋《かげみち》であった。寛政《かんせい》改革のさなか、湯島聖堂《ゆしませいどう》で実施された学問吟味で御目見得《おめみえ》以上の首席となり、家禄五百石の小姓《こしよう》衆から作事奉行や遠国《おんごく》奉行を経て勘定《かんじよう》奉行にまで出世した。

「親の七光りとは言うものの、いっときは勘定奉行にまでなられた。配下の失態などもあり、まわりから足を引っぱられて今は降格の憂き目に遭っておられるが、近々に復帰なさるのではないかと噂されており申す。将来は江戸町奉行を任せられる器《うつわ》ではないかと、拙者はひそかに踏んでおりましてな。今から御屋敷へ日参して顔だけでもおぼえていただくつもりでござる」

蔵人介は胸の裡《うち》で首をかしげた。

あれほど出世にこだわっていた桜木が、不浄役人への転出をのぞんでいる。

「名《な》より実《じつ》を取れ。不浄役人になれば袖の下は取り放題。少なくとも、鬼役よりはましでござろう。ふは、ふはは」

一の膳が運ばれてきた。

小納戸役の若侍がうやうやしく説いてみせる。

「上様は夕餉に白牛酪《はくぎゆうらく》と白牛洞《はくぎゆうどう》をご所望《しよもう》にござります」

「うほっ」

おもわず、桜木は笑みを漏らした。

膳にある「白牛酪」とは、牛の乳を煮て固めたものだ。

一方の「白牛洞」は乾燥させた牛の糞《ふん》を黒焼きにしたもので、麻疹《はしか》の特効薬とされている。将軍が糞《くそ》を食べるのはどうかと眉をひそめる重臣もあったし、市井《しせい》では「珍味好き好色公方糞を食い」などと川柳《せんりゅう》にも詠《よ》まれていた。だが、公方の所望するものを拒むわけにはいかない。

「食すれば滋養になりもうそう。白牛酪だけは拙者が」

毒味をしたいと、桜木は申しでる。

白い切片をちぎって齧《かじ》り、美味《うま》そうに咀嚼《そしゃく》してみせた。

もはや毒味御用ではなく、家の夕餉と何ら変わらぬ。

蔵人介は溜息《ためいき》を吐《つ》き、桜木の様子をじっとみつめた。

「まこと、鬼役とは割に合わぬお役目にござる」

肥えた相番は串部と同じ台詞《せりふ》をこぼし、糞のほうだけは押してよこす。

「これよりさきは、矢背どのにすべてお任せいたす」

あたりまえのように発し、口を真一文字に閉じる。

おもったとおりだ。

怒る気力もない。

「心得た」

面倒なので、首肯する。

配膳役も心得ているので、黒漆《くろうるし》塗りの膳をこちらに運んでくる。

毒味すべき品数は多い。汁は鯉《こい》の濃漿《こくしょう》で、向こう付けは白身の刺身だ。煮物には鳥が二種、鶴《つる》には榎茸《えのきたけ》、鴨《かも》には牛蒡《ごぼう》が添えてある。平皿には鱚《きす》の塩焼きと付け焼きが横たわり、猪口《ちょく》には鮑《あわび》をわた和《あ》えにしたものが見受けられ、数《かず》の子《こ》には花《はな》鰹《がつお》が振りかけられていた。

蔵人介は目を閉じる。

すでに明鏡《めいきょう》止水《しすい》の境地だった。

静かに目を開け、懐紙を口に挟み、自前の箸を取りだす。

箸を右手で器用に動かしながら、一の膳に取りかかった。

皿のうえには、毛髪どころか睫《まつげ》一本落とすことはできない。料理に息がかかるのも不浄とされ、箸で摘《つま》んだ切れ端を口へ持ってくるだけでも気を遣う。一連の所《しょ》作《さ》をいかに素早く正確におこなうかが腕の見せどころだ。

さすがに、桜木も喋りかけてこない。

蔵人介の所作に魅入《みい》られているのだ。

手際よく毒味を済ましたころに、二の膳が運ばれてくる。

薄塩仕立ての吸物はつみれ汁で、銀杏《ぎんなん》と錦糸《きんし》玉子が彩りを添えていた。

置合わせは蒲鉾《かまぼこ》と玉子焼き、お壺《つぼ》はからすみ、定番の献立《こんだて》である。

毒味は淡々とすすみ、いよいよ最大の関門がやってくる。

尾頭《おかしら》付きだ。

月の朔日《ついたち》、十五日、二十八日の三日間は月次の吉日で「尾頭付き」とも称し、二の膳の皿には真鯛《まだい》か平目《ひらめ》が膳に載る。

尾頭付きの骨取りは、鬼役の鬼門とされていた。

竹箸で丹念に骨を取り、原形を保ったまま身をほぐさねばならぬ。

頭、尾、鰭《ひれ》の形状を変えずに骨を抜きとるのは、熟練を要する至難の業だ。

ところが、難関とされる骨取りを、蔵人介はいとも簡単にこなしていった。

毒味を終えた膳は「お次」と呼ぶ炉のある隣部屋へ運ばれる。汁物や吸物は替え鍋で温めなおし、椀や皿は梨子地金蒔絵《なしじきんまきえ》の懸盤《かけばん》と呼ぶ膳に並べかえねばならない。一の膳と二の膳、さらに銀舎利《ぎんしゃり》の詰まったお櫃《ひつ》が用意され、ようやく公方の待つ御《お》小座敷《こざしき》へ運ばれていくのだ。

中奥東端の御膳所から西端の御小座敷まではかなり遠い。

小納戸役の配膳方は御座之間と御休息之間を右手にみながら通りすぎ、長い廊下を足早に渡っていかねばならない。

汁を数滴こぼすくらいならまだよいが、懸盤を取りおとしでもしたら首が飛ぶ。

味噌臭い首を抱えて平川《ひらかわ》門から運びだされる人生ほど、みじめなものはない。

蔵人介はいつもどおり、四半刻《しはんとき》足らずで毒味御用を完璧にこなしてみせた。

桜木がほっと胸を撫《な》でおろし、どうでもよいことを喋りだす。

「それにしても、近頃の米価《べいか》諸色《しょしき》の高騰ぶりは常軌《じょうき》を逸《いっ》しており申す。北の津軽から南の薩摩《さつま》まで、飢饉《ききん》は今や頂点に達し、米不足品不足は深刻の度を増してござる。全国津々浦々《つつうらうら》の村々では一揆《いっき》や逃散《ちょうさん》が相次ぎ、ご存じのとおり、江戸市中でも毎夜のように打ちこわしが見受けられます。夜盗辻斬りのたぐいは後を絶たず、まことに物騒このうえない」

桜木の説明を待つまでもなく、世の中は殺伐《さつばつ》としており、城勤めの役人たちもいつなんどき役を外《はず》されるとも知れぬので戦々恐々《せんせんきょうきょう》としていた。

「こうなれば、われらも生きのこる術を考えねばならぬ。ときに矢背どの、檜相場《ひのきそうば》はご存じか」

「いいえ」

「耳寄りのはなしをお教えいたそう。今は材木相場が狙い目にござる。なかでも檜が天井知らずに値をあげそうでな。いかがでござろう。拙者にいくばくかの金子《きんす》をお預けにならぬか。一攫千金《いっかくせんきん》も夢ではござらぬぞ」

「相場に投じる金などない」

きっぱりと言いきり、蔵人介は眉根に皺《しわ》を寄せる。

幕臣が相場に金を注《つ》ぎこむことは禁じられていた。

そもそも、金で金を殖やすのは武士にあるまじき行為だ。

「なあに、誰もが陰でやっておる。楽して儲けるのが利口者《りこうもの》じゃ」

蔵人介は耳を閉じていた。

材木相場と聞いた途端、討ちもらした十和田屋の死に顔が浮かんできたのだ。

四

師走《しわす》十三日の煤払《すすはら》いを済ますと、浅草寺《せんそうじ》や永代寺などの寺社境内で正月の縁起物《えんぎもの》を売る歳の市がはじまる。

矢背家では揃って浅草寺へ出向くことが恒例の行事になっていた。

気高く凛《りん》とした物腰の養母志乃《しの》を筆頭に、矢背家の嫁としてすっかり落ちついた観のある妻幸恵《ゆきえ》、さらには、十一になって親離れしかけている嗣子《しし》鐵太郎《てつたろう》の顔もみえる。

鐵太郎は一年後の元服《げんぷく》を控え、惣領《そうりょう》としての覚悟を決めねばならぬ重圧と闘っているようだった。本心を覗《のぞ》いてみると、父の後を継いで鬼役となることに得心《とくしん》がいかぬらしい。

蔵人介はこのところ、亡き養父《ちち》から教えこまれた鬼役の心得を説いていた。

「武士が気骨《きこつ》を失った泰平《たいへい》の世にあって、命を懸けねばならぬお役目なぞ他にあろうはずもない。毒味役は毒を啖うてこそのお役目。毒を啖うて死なば本望と心得よ」

と執拗《しつよう》に諭し、箸の使い方や骨取りの技から毒の見分け方まで丹念に教えている。毒味だけでなく田宮流《たみやりゅう》の居合技《いあいわざ》も指南していたが、筋はけっして良いとはいえない。

薙刀《なぎなた》の名手でもある志乃も、小笠原《おがさわら》流の弓術を修めた幸恵も、稽古の様子を窺《うかが》っては「この子は誰に似てしまったのでしょう」と嘆いてみせた。

表の役目はやらずばなるまいが、鐵太郎に裏の役目は無理かもしれぬと、蔵人介はおもった。人斬りをやらせたくないのは、当然の親心でもある。

予想どおり、仁王門《におう》の内は立錐《りっすい》の余地もないほどの賑わいだった。

出店には藁細工《わらざいく》や門松《かどまつ》や三方《さんぼう》、注連縄《しめなわ》、熊手《くまで》など正月飾りや調度品、おせち料理の材料なども所狭しと並べられ、そこらじゅうに香具師《やし》の口上《こうじょう》が響いている。

「幸恵さん、熊手をお願いね」

「はい、お義母《かあ》さま」

「蔵人介どのは門松を」

「は」

差配役の志乃に命じられ、蔵人介は人混みのなかへ足を踏みいれる。

「あっ、巾着切《きんちゃくぎり》め。誰か、その小娘を捕まえてくれ」

すぐそばで、男が叫んだ。

小娘が独楽鼠《こまねずみ》のように逃げていく。

「おっと、捕まえたぜ」

自慢げに発したのは、強面《こわもて》の破落戸《ごろつき》だ。

太い腕のなかでは、十ほどの小娘がもがいている。

薄汚い着物を纏《まと》っているものの、意志の強そうな瞳を輝かせていた。

「やってない。わたしじゃない」

娘はじたばたしながら叫んだが、男の腕から逃れられそうにない。

野次馬が集まり、瞬く間に人垣ができた。

紙入れを掏《す》られたと主張する男もやってきた。

小太りの商人らしき男だ。

「まちがいない。あの小娘だ」

商人の後ろからは、小銀杏髷《こいちょう》の役人もやってくる。

「どうした。巾着切か」

商人はすかさず不浄役人に近づき、さりげなく袖に金子をねじこむ。

役人は馴れた仕種《しぐさ》で袂をひるがえした。

蔵人介はその様子を見逃さない。

小娘を捕まえた破落戸が、自慢げに近づいてくる。

「旦那、どうぞお縄を」

「おう、そいつが巾着切か。たとい小娘でも赦すことはできねえな」

蔵人介は我慢できず、輪のなかへ一歩踏みだした。

「待て、お役人。娘を放してやれ」

「ん、誰だあんたは」

「通りすがりの者だ」

「余計な口を挟んでほしかねえな」

「娘はやっておらぬと申しておる。商人《あきゅうど》の勘違いかもしれぬぞ。それに、仏の顔も三度という諺《ことわざ》もある。たとい紙入れを掏っていたとしても、寛大な気持ちで赦してやれ」

「冗談じゃねえ。歳の市で巾着切を逃したとあっちゃ、世間さまに笑われる」

押し問答を繰りかえすところへ、ひとりの若い浪人者があらわれた。

「掏られた紙入れとは、これのことであろうか」

浪人は丁寧な口調で言い、右手をひらひらさせる。

「あっ、それだ」

小太りの商人が叫び、不浄役人に救いを求める。

若い浪人が言った。

「そこに落ちておったのだ。自分の落ち度にも気づけず、いとけない娘に罪を着せるとはな」

「待て。怪しいやつめ」

不浄役人が怒声《どせい》を発した。

小娘は破落戸の腕から逃れ、人垣の狭間に消える。

若い浪人と不浄役人は、輪のなかで対峙《たいじ》する恰好になった。

「おれは北町奉行所の河本弥一郎《こうもとやいちろう》、泣く子も黙る定町廻《じょうまちまわ》りよ。おめえは名乗るような者ではない。ほら、紙入れは返しておく」

浪人は商人に紙入れを抛り、くるっと背を向けた。

「待ちやがれ。このまま行かせやしねえぜ」

「ほかに何か用でも」

「これだけの人前で虚仮《こけ》にされたんじゃ、黙っちゃいられねえ。おめえ、氏素姓《うじすじょう》は確かなのか」

「と言うと」

「無宿者《むしゅくもの》なら縄を打たなきゃならねえな」

「巾着切とは関わりないぞ」

「そっちはどうでもいい」

「ほう。妙な言いがかりをつけられた」

浪人は眼光鋭く、不浄役人を睨《ね》めつける。狼《おおかみ》の目だと、蔵人介はおもった。

不浄役人の理不尽さに腹が立ってくる。

「へへ、名乗らねえつもりなら、縄を打たせてもらうぜ」

河本が十手《じって》を握り、千筋《せんすじ》の裾《すそ》を捲《めく》った。

「お待ちなさい」

人垣の最前列から、叱責《しっせき》の声が轟《とどろ》く。

志乃だ。

対峙するふたりのあいだに割ってはいり、幸恵が買ってきた熊手を不浄役人の鼻先に翳《かざ》す。

「おぬしの負けじゃ。この場から去るがよい」

「何だと、この糞婆《くそばばあ》」

「ほう、旗本の後家《ごけ》を糞婆呼ばわりするとはな、見上げた根性じゃ。この場で膾《なます》斬《ぎ》りにしてくりようか。蔵人介、差料《さしりょう》を寄こしなさい」

「えっ」

驚いたのは、蔵人介だけではない。

言われた河本も鮮やかな啖呵《たんか》に気圧《けお》され、ぐうの音《ね》も出なかった。

志乃は矛《ほこ》をおさめない。

つつっと歩みより、蔵人介に催促する。

「何をぐずぐずしておる。早《はよ》う腰のものを」

仕方なく長柄刀《ながつかとう》を手渡してやると、志乃は河本と正対《せいたい》した。

「われは公儀《こうぎ》鬼役の母にして、御所の守護を仰せつかる矢背家正統の血を引く者なり。物の道理を解《げ》せぬ輩《やから》は誰であろうと容赦はせぬ。覚悟せよ。ぬえい……っ」

——ひゅん。

黒蠟塗《こくろうぬ》りの鞘《さや》から引きぬかれたのは腰反《こしぞ》りの強い名刀、梨子地に丁字《ちょうじ》の刃文《はもん》も鮮やかな来国次《らいくにつぐ》にほかならない。

二尺五寸の白刃が倍にも伸び、河本の鼻先でぴたりと止まる。

「ここからさきは、おぬし次第じゃ。尻尾を巻いて逃げれば、命は助けようぞ」

「ひぇっ」

不浄役人は踵《きびす》を返し、脱兎《だっと》のごとく走りだす。

「ふん、木っ端《こっぱ》役人め。わたしに逆らうのは百年早いわ」

志乃は手際よく納刀《のうとう》し、蔵人介に刀を返す。

突如、人垣から歓声があがった。

「よっ、日本一」

拍手が嵐のように沸《わ》きあがり、志乃はまんざらでもない様子でお辞儀《じぎ》などをしている。

人垣の最前列に立つ鐵太郎は、耳まで真っ赤にしていた。

蔵人介も恥ずかしいのはいっしょだ。

「養母上《ははうえ》、ちとやりすぎではござらぬか」

注意を促そうとしても、周囲の歓声に掻き消されていく。

気づいてみれば、狼の目をした浪人はいなくなっていた。

小太りの商人と破落戸は、恨めしそうに志乃を睨《にら》んでいる。

「ふん、情けないやつらめ」

志乃は意気揚々と胸を張り、熊手を振りながら鐵太郎のもとへ戻っていった。

五

浅草寺の随身門《ずいじんもん》を出たところにある姥ヶ池《うばがいけ》の淵に、斬殺された不浄役人の死体が浮かんだ。

「役人の名は河本弥一郎。聞きおぼえがおありでござろう」

宿直《とのい》明けの帰路、雪の残る浄瑠璃坂をまえにして、串部が問うてきた。

「歳の市で大奥さまが叱りつけた相手にござりますよ」

「わかっておる。あやつ、死んだのか」

「驚くのはまだ早うござる。手口は十和田屋と同じ逆袈裟の一刀、懐中には隠しとどめの懐紙もござりました」

「何だと」

「しかも、十和田屋と河本には容易ならぬ繋がりが」

足を止めた蔵人介に向かい、串部はにやりと笑う。

「あそこに風鈴《ふうりん》蕎麦の屋台がござります。掛けを一杯、たぐりませぬか」

指でたぐる仕種をしてみせ、勝手に歩きはじめる。

小腹《こばら》もちょうど空いていたので、蔵人介もつづいた。

「親爺《おやじ》、掛けを二杯。それとこいつ」

串部が指を丸めて猪口《ちょこ》のかたちにすると、親爺は愛想《あいそ》笑いを浮かべた。

燗酒《かんざけ》を注がれ、くっと干す。

串部は白い息を吐き、低声《こごえ》で喋りはじめた。

「十和田屋には、おかじと申す妾がございました。その妾が河本との繋がりにございます」

「妾か」

おもいだした。

公人朝夕人によれば、妾は十和田屋の子を孕んで邪険《じゃけん》にされたあげく、寺の本堂に通じる石段のてっぺんから蹴りおとされたという。

「十和田屋は殺しの疑いを掛けられた。にもかかわらず、その罪は不問に処せられました。噂では不浄役人に袖の下をたんまり払い、疑いの芽を摘《つ》んでもらったとか。袖の下を渡した相手というのが、河本弥一郎にございます」

「すると、下手人は亡くなった妾と関わりのある者で、十和田屋と河本に恨みを抱いていたかもしれぬ。そういうわけか」

「はい。こたびの殺し、拙者がみるかぎり、抜け荷がらみではございませぬな」

串部はさらに、河本を斬った下手人とおぼしき者の人影を目にした者のことばを告げた。

「浪人風体《ふうてい》の目つきの鋭い男であったとか」

ふと、狼の目をした若い浪人の顔が浮かぶ。

「殿、どうかなされましたか」

「いいや、別に」

串部が顔を覗きこんでくる。

そこへ、掛け蕎麦が出された。

「へへ、この二八《にはち》蕎麦が存外に美味い」

串部は蕎麦を湯気ごとぞろっと啜った。

「寒い日の蕎麦は、たまりませぬな」

「ああ」

たしかに美味い。

十六文《もん》の倍払って、月見《つきみ》にしてもよかった。

毒味御用のときは、城内でまともな飯を食べられない。

帰路はいつも腹を空かせながら浄瑠璃坂を登らねばならぬ。

串部なりに、そのあたりも気を遣ってくれたのだろう。

「死んだ妾は若いころ、門付《かどづ》けで生計《たつき》を立てておりました」

「ほう、苦労したのだな」

美しい容姿と声の良さが茶屋の旦那の目に留まり、幸運にも辰巳芸者となった。

「三つちがいの姉がおりましてな、ふたりは芸名を『姉妹千鳥』と称し、いっときは門前仲町の座敷でたいへんな人気だったとか」

抜け目のない串部は、姉の素姓もつかんでいる。

「姉はおろくと申しまして、今は夏目《なつめ》三太夫《さんだゆう》なる御旗本の後妻になっております」

「ふうん」

「四谷大木戸《よつやおおきど》跡の手前にある町道場はご存じでしょうか」

「いいや、知らぬなあ」

「小さな道場で、看板に『忠孝心貫流《ちゅうこうしんがんりゅう》』を掲げております」

「忠孝心貫流か」

江戸ではあまりみかけなくなった流派だ。流祖の平山行蔵《ひらやまこうぞう》は化政《かせい》期に古武士のごとき質素な暮らしを実践し、天下の奇傑と呼ばれた人物であった。稽古の厳しいことでも知られ、道場の床の間には「常在戦場」の四文字が掲げられていたという。

後継者のひとりでもある夏目自身は役に就いていない家禄五百石の中堅旗本で、道場は親から引き継いだものらしかった。

「束脩《そくしゅう》も貰《もら》えぬご時世で道場をつづけていられるのは、南部《なんぶ》家重臣の子弟を抱えておるからと聞きました」

「南部家か」

蔵人介は箸を措《お》く。

「殿、どうなされた」

「ふむ、十和田屋は津軽家の御用達であった」

「なるほど、南部と津軽は犬猿の仲にござる。ここにもひとつ、抜き差しならぬ因縁のようなものを感じますな」

弘前藩主津軽氏と盛岡《もりおか》藩主南部氏の確執は、豊臣秀吉《とよとみひでよし》が天下人《てんかびと》となった安土桃山《あづちももやま》の御代《みよ》まで遡《さかのぼ》る。

そもそも、津軽氏は南部氏の家来筋にあたっていた。ところが、秀吉による小田《おだ》原《わら》征伐のどさくさに紛《まぎ》れて津軽氏は大名となり、爾後《じご》、両者は藩士の末端にいたるまで反目《はんもく》するようになった。

津軽家歴代の殿様たちは家格で南部家を越えるのを夢みて、何度となく幕府に高《たか》直《なお》しを願いでてきた。念願かなって文化《ぶんか》年間には四万七千石から十万石に増え、千代田城内での席次も南部氏と肩を並べたが、南部氏もこれに対抗して二十万石の高直しを認められ、今にいたっている。

「津軽の殿様は信順《のぶゆき》公か」

「ふふ、夜鷹《よたか》殿様にござりますよ」

陸奥国《むつのくに》弘前藩の第十代藩主信順は齢《よわい》三十七、先代寧親《やすちか》公の次男である。二代つづけて領内の統治を顧みず、政略結婚によって家格をあげることに心血《しんけつ》を注いだ。寧親は近衛《このえ》家や徳川家と縁続きになるべく、数万両もの工作資金を使って嫁さがしに奔走し、御三卿《ごさんきょう》田安《たやす》家の姫を娶《めと》ることに成功する。

これによって、おもいどおりの地位を得たものの、五十万両にも膨らんだ膨大な借金のために藩財政は破綻《はたん》しかけていた。

暗愚な器と目される信順は若い時分より夜遊びに興じ、明け方から夕刻まで寝ていることもしばしばだった。ゆえに「夜鷹殿様」という不名誉な綽名《あだな》を付けられ、江戸の市井から失笑を買っている。

今から十年前、将軍家斉が太政《だじょう》大臣に就任した祝日に皇族などが使う轅輿《えんよ》に乗って登城し、家臣ともども七十日間の逼塞《ひっそく》を申しわたされた。そのとき、表門に巨大な男根《だんこん》と「領分付き売り家」という悪戯《いたずら》書きをされたのは有名なはなしだ。

「御先代の寧親公と申せば、相馬大作《そうまたいさく》にござります」

串部も笑いながら言うとおり、こちらもよく知られたはなしだ。

遡ること今から十五年前の文政四年四月二十三日、参勤交代で江戸から帰国の途にあった寧親は、出羽国白沢村岩抜山《でわのくにしらさわむらいわぬけやま》付近で盛岡藩士下斗米秀之進《しもどまいひでのしん》以下数名の襲撃を受けそうになった。裏切り者の密告によって暗殺は未遂に終わったものの、寧親は襲撃を避けるべく幕府に無断で参勤交代の道筋を変えたことを咎《とが》められ、数年後に隠居を余儀なくされた。

一方、秀之進は盛岡藩を出奔《しゅっぽん》したのちに江戸へ出て、相馬大作と変名して町道場を営んでいたが、津軽家の役人に捕らえられて獄門となった。

暗殺未遂の前年、南部家当主であった利敬《としたか》公は津軽家にたいする積年の恨みから、三十九歳の若さで悶死《もんし》したと伝えられている。義憤に駆られたことが津軽公襲撃の引鉄《ひきがね》になったかどうかは判然としない。だが、相馬大作らの暴挙は江戸のひとびとに「みちのくの忠臣蔵《ちゅうしんぐら》」などと賞賛され、芝居や講談の題材にもなった。

肝心の南部家ではこのとき、相馬大作に関わっている余裕はなかったという。利敬公が急死したあと、末期《まつご》相続で第十一代藩主となっていた養子の利用《としもち》が木から落ちて急死し、幕府に名を届けていたために改易《かいえき》を怖れた家臣団は、利用と年恰好の似た従兄《いとこ》をひそかに替え玉として藩主の座に就かせていた。

「津軽も津軽なら、南部は南部で姑息《こそく》なことをしているという噂が立ちましたな。

そののち、第十二代藩主となった利済《としただ》公は津軽公より三つ年上の四十にござる。聞くところによれば、乱心《らんしん》のために廃嫡《はいちゃく》された血縁の子だとか」

さすが、かつては若年寄に重用されていた男だけあって、外様《とざま》の事情にも詳しい。

南部領内では度重なる大凶作のなか、御用金《ごようきん》の賦課《ふか》や藩札《はんさつ》の乱発などの愚策が実行され、多くの村々で御用金の免除などを要求する強訴《ごうそ》が頻発しているという。

「殿、相馬大作は平山道場の門人にござります」

「ふむ、そうであったな」

相馬大作こと下斗米秀之進は平山門下で兵法武術を学び、門人四傑のひとりとして師範代まで任されていた。江戸で何年か過ごしたのちに帰郷して国許に私塾を開き、いっときは隆盛を誇ったらしい。

「ともかく、夏目道場を訪ねてみるか」

蔵人介は丼《どんぶり》の底がみえるまで汁を吸うと、ふたり分の勘定を払って外へ出た。

六

四谷大木戸跡。

夏目道場は、笹寺《ささでら》と呼ばれる長善寺《ちょうぜんじ》の門前町にあった。塩を扱う店が散見されるとおり、町名は塩町《しおまち》という。甲州《こうしゅう》街道が近いので、人馬の行き来も多い。古びた冠木門《かぶきもん》の向こうには、南天《なんてん》の実が赤く実《みの》っていた。肥えた鵯《ひよどり》が二羽、実を突っつきにやってくる。道場からは掛け声ひとつ聞こえてこない。門を敲《たた》くきっかけをつかみそこねていると、胴着を着た不穏な様子の侍たちが門前に集まってきた。

蔵人介は串部とともに、さりげなく離れていく。

「相模冬馬《さがみとうま》はまだか」

と、猪首《いくび》の侍が喚《わめ》いた。

ほかに四人の男たちがおり、いずれも木刀を握っている。

夏目道場の門弟たちであろう。

「田鎖《たぐさり》さま」

と、ひとりが猪首侍に声を掛けた。

「夏目先生には、あとで申しひらきをしていただけるのでしょうな」

「ああ」

田鎖と呼ばれた猪首侍はうなずき、喉仏の突きでたその男に説いてやる。

「案ずるな。夏目道場はわれら南部藩士で保《も》っておる」

「たしかに、田鎖さまのお父上はわが藩の江戸家老であらせられる。夏目先生に文句は言わせまい」

「あたりまえじゃや。以前より、相模冬馬には腹を据えかねておったのだ。道場に転がりこんできて三月《みつき》余り、まともに稽古をしているすがたをみたことがない。にもかかわらず、夏目先生から厚遇《こうぐう》されておる」

「同じ南部出身の新参者《しんざんもの》のくせに、高弟のごとき扱いを受けております。ゆえに、こうして腕自慢が集まり、あやつの力量をためすこととあいなり申したが」

「が、何じゃ」

「ひとつ懸念すべき噂がござります」

「言うてみろ」

「は。あやつ、国許で狼取《おおかみど》りをしておったとか」

「まことか」

「ただの噂にござります」

「ふうむ」

田鎖は「狼取り」と聞き、一瞬怯《ひる》んだようにみえた。

蔵人介も「狼取り」というめずらしい役目を耳にしたことはある。

盛岡産の高価な馬を守るべく設置された役目で、文字どおり、冬山で狼を相手に死闘を繰りひろげねばならない。剣術はもちろん、胆力に秀でた者でなければつとまらぬ役目だ。しかし、藩内では軽輩の就く不浄な役とみられているようで、過酷なわりには扱いが低い。

いずれにしろ、道場主から厚遇される新参者をとっちめようと、南部家の門弟たちは殺気立っている。

蔵人介と串部は物陰に隠れ、しばらく様子を眺めることにした。

「殿、おもしろい見世物がみられるやもしれませぬな」

串部が囁いたところへ、ひょろ長い人影がひとつあらわれる。

ゆっくり近づいてくる男の顔を見定め、蔵人介はぎょっとした。

串部が白い息を吐きかけてくる。

「殿、どうなされた」

「あやつ、奥山で河本弥一郎にからまれた浪人だ」

「えっ、まことに」

串部は身を乗りだす。

「風体はうらぶれておるものの、歳はまだ若い」

せいぜい、二十四か五であろう。「狼取り」かどうかはわからぬが、狼に似た眼光を放っていたのをおもいだす。

門弟たちは目敏《めざと》く獲物をとらえ、ばらばらと走りだした。

相模冬馬と呼ばれた男は囲まれ、仕方なく足を止める。

「道場の外で待ち伏せとは、穏やかではありませんね」

「ああ、そうだ。道場の外なら、夏目先生に気兼ねもいるまいて」

猪首の田鎖が詰問《きつもん》調で言いはなつ。

「相模、おぬしの実力がみたい。ほれ、木刀を受けよ」

抛られた木刀を相模が摑むや、後ろのひとりが襲いかかった。

「のせいっ」

喉仏の突きでた男だ。

上段から面を狙った。

相模はこれを易々《やすやす》と外し、振りむきざま、木刀を右八相《はっそう》から振りおろす。

――ばすっ。

袈裟懸けの一刀が首根にきまり、相手は息を詰まらせた。

「こやつめ」

さらに側面から突きに出た相手を、相模は水平打ちで昏倒《こんとう》させる。

三人目は袈裟懸けを弾《はじ》いて胸乳《むなぢ》を打ち、四人目は脾腹《ひばら》を突いて片膝をつかせた。

四人が雪道に這《は》いずり、残るは田鎖ひとりになった。

「くそっ、狼取りめ」

蔵人介の目でみても、実力の差は歴然としている。

それでも、田鎖は矛《ほこ》をおさめない。

脇構《わきがま》えから、木刀の先端を地に向ける。

忠孝心貫流では、これを「車《しゃ》に落とす」と言う。

同流の源流となるタイ捨流《しゃりゅう》の言い方で、必殺の一刀は「車」からはじまるとも伝えられていた。

相模冬馬も木刀の先端を「車」に落とし、片膝をついて背を屈《かが》める。

「蹲虎《そんこ》か」

田鎖が構えの名称を漏らす。

相模はさらに左右の腕を交差する逆車に構えなおし、じっと相手を睨みつけた。

狼の目だ。

極端に低い位置から、猛虎のように相手の胴を狙う。

蹲虎から猛虎へ。

技に冠された名は「虎」だが、相模冬馬のすがたは獲物を狩る狼のものにほかならない。

「きえっ」

田鎖は恐怖を振りはらうように気合いを発し、木刀を角《つの》にして襲いかかった。

相模はこれを鬢《びん》の脇で躱《かわ》し、風神《ふうじん》のごとく木刀を薙《な》ぎあげる。

「ずおおお」

田鎖の着物が斜めに裂け、顎《あご》の砕かれた鈍《にぶ》い音がした。

「……か、片手斬りの逆袈裟」

串部が声を震わせる。

田鎖は、かっと血を吐いた。

まるで、南天《なんてん》の実を吐いたかのようだ。

海老反《えびぞ》りの恰好になり、どさっと倒れてしまう。

「見事だな」

鮮やかな手並みであった。

十和田屋の死に顔が脳裏を過《よ》ぎる。

「……まさか、あやつが」

蔵人介の疑念を身に纏ったまま、相模冬馬は踵《きびす》を返す。

夏目道場に背を向け、今来た道を引きかえしていった。

七

相模冬馬に興味を惹《ひ》かれたのは、十和田屋殺しの疑いを抱いたからだけではない。

よくはわからぬが、狼のような目に魅入られたからかもしれなかった。

冬馬に手もなく打たれた猪首侍は、田鎖杢三郎《もくさぶろう》という南部家江戸家老の三男坊らしかった。門弟たちの噂どおり、冬馬が南部領内の雪深い山中で狼と闘っていたとすれば、なおさら関わらずにはいられない気持ちになる。

ともあれ、近づくきっかけが欲しかった。

いろいろ考えたあげく、夏目道場へ殴りこむ策をおもいついた。

殴りこむといっても、道場破りではない。

出稽古に毛が生《は》えたようなものだ。

幸運なことに、忠孝心貫流は流祖平山行蔵の意向で他流試合を認めていた。

道場にも「常在戦場」の訓戒とともに「他流の申し合い歓迎致す」と大書《たいしょ》された貼り紙があるほどで、他流派の技を余すところなく吸収したいという道場主の貪欲さを感じさせた。

数日後、蔵人介はふらりと夏目道場を訪ねた。

「どなたか、一手ご教授願おう」

道場主の許可がすぐに得られ、夏目本人の面前で高弟と闘う幸運に恵まれた。

それとなく道場をみまわしても、相模冬馬のすがたはない。

門前で待ち伏せしていた南部家の連中もおらず、心なしか道場の空気が緊迫しているようにおもわれた。

「矢背どのと仰ったな」

夏目は白髪まじりの口髭を蠢《うごめ》かし、眠そうな眸子《まなこ》を向ける。

ただし、根掘り葉掘り素姓を糺《ただ》そうとはしない。

そのあたりの配慮がありがたかった。

「されば、両者とも立ちあいませい」

勝負は竹刀でおこない、防具はつけずに生身で闘う。

割竹《わりだけ》を束ねた竹刀とはいえ、打ちこまれたらかなり痛い。

打ちどころによっては大怪我をするかもしれず、それなりの覚悟を強《し》いられる申し合いでもあった。

「されば、まいる」

高弟のほうが先手を取り、摺《す》り足で間合いを詰めるや、腹の底から凄《すさ》まじい気合いを発してみせた。

「つおっ」

上段の唐竹《からたけ》割《わ》りがくる。

蔵人介は難なく弾き、返しの突きを鳩尾《みぞおち》に見舞った。

「うっ」

急所を突いた恰好になり、高弟は苦しそうに蹲《うずくま》る。

「勝負あり」

夏目は凛然《りんぜん》と発し、すっと立ちあがるや、素早く襷《たすき》を掛けた。

座して行方《ゆくえ》を見守る門弟たちが目を丸くする。

道場主みずから立ちあうのは、めずらしいことらしい。

「矢背どの、じつに見事な力量であられる。その者は当道場の師範代になるべき男でしてな、それ以上の力量がある者と申せば、拙者しかおらぬ。拙者でよければお相手いたすがどうだ」

「是非とも宜しくお願い申しあげます」

「されば」

夏目は竹刀を握って無造作に歩みより、気合いも発せずに打ちかかってきた。

腰つきはふらつき、酒に酔ってでもいるかのようだが、上段からまっすぐ振りおろされた初太刀は強靭《きょうじん》な一撃だった。

こちらが弾くと同時に反転し、下段から燕返《つばめがえ》しを狙ってくる。

蔵人介はすんでのところで躱し、後方へすっと身を退《ひ》いた。

ところが、夏目は休ませてくれない。

喉仏を狙って、鋭い突きを繰りだす。

「うおっ」

躱した拍子に風が走り抜け、夏目の顔が迫ってきた。

温厚そうにみえた顔は、鬼の形相《ぎょうそう》に変わっている。

蔵人介は躱した勢いのまま、抜き胴に出た。
擦れちがいざま、胴着を払う。
「浅い。まだまだ」
夏目は振りむき、片手打ちの上段を浴びせかけてくる。
――ぶん。
撓《しな》る竹刀を十字に受け、弾いた拍子に中段突きを狙う。
「ふん」
躱された。
手強《てごわ》い。
汗が散った。
息もあがってくる。
久方ぶりの感触だ。
武芸者の本能が血を沸きたたせる。
――面前の敵を倒すのみ。
ただ、その一点にすべてを賭ける。
蔵人介は、稽古に明け暮れた日々をおもいだしていた。

「ふふ、おもしろい」

夏目は不敵に笑う。

「矢背どの、つぎの一手で勝負をつけよう」

「のぞむところ」

すっと身を寄せ、夏目は左右の腕を交差させる。

竹刀の先端を車に落とし、ぐっと身を屈めた。

――蹲虎から猛虎へ。

相模冬馬がみせた逆車の構えだ。

蔵人介のこめかみが、ぴくっと動く。

「いえいっ」

からだが無意識に反応した。

鋭い踏みこみから、順勢に打ちこむ。

――ばしっ。

夏目の左肩で、竹刀が跳ねた。

と同時に、蔵人介の顎を竹刀の先端が掠《かす》める。

勝ったのか。

いや、真剣ならばどちらも死んでいる。

片膝をついた師のもとへ、門弟たちが駆けよった。

「先生」

「来るな」

夏目は左掌をひらりとあげ、顔をゆっくり持ちあげた。

「気遣いはいらぬ。宴《うたげ》の仕度を」

おもいがけない台詞を吐き、にっこり笑いかけてくる。

「矢背どの。じつは、拙者よりも強い者がおる。いずれ、その者と手合わせさせてみたいのだが」

「是非、お願いいたします」

狼の目をした男のことだなと、すぐにわかった。

蔵人介は晴れ晴れとした心持ちで、夏目に笑いかえした。

八

夏目道場の宴以来、夏目三太夫とはすっかり親しい仲になった。

もちろん、蔵人介の狙いは相模冬馬に近づくことだ。

おもいがけず、その機会を夏目がつくってくれた。

「じつを申せば、逆車からの片手打ちは当道場の隠し剣にござる。難しい技を会得している者は、わし以外にひとりしかおらぬ」

その者を引きあわせると、夏目は約束したのだ。

会食の場は、蔵人介が用意した。

実父の叶孫兵衛が後妻のおようと商っている小料理屋だ。

最近になって、見世は『まんさく』と名を変えた。

豊年満作《ほうねんまんさく》を祈念して、ふたりで付けた名だという。

孫兵衛は閑職の代名詞とも言われる天守番を長年つとめた。忠義ひと筋に生きた誇り高き天守番にとって唯一の夢は一人息子を旗本の養子にすることであったが、縁組みのはなしがあったのは誰もが敬遠する毒味役の家だった。

何日も寝ずに悩んだすえ、養父となる旗本の説得に折れて蔵人介を手放した。

今でもそれでよかったのかどうか、孫兵衛はわからないという。

蔵人介は荒い息を吐きながら、神楽坂をのぼりきった。

武家屋敷を抜けた裏手に出ると、甃《いしだたみ》の小径《こみち》がつづく。

まっすぐ抜ければ軽子坂《かるこ》だが、道の途中に瀟洒《しょうしゃ》なしもた屋がみえてくる。

四つ目垣の狭間から顔を出したのは、色白の年増だった。

「あっ、お殿さま」

「おようどの、お殿さまはおやめください」

「それなら、何とお呼びすれば」

「蔵人介でけっこうです」

「では蔵人介さま、お客さまはもうおみえですよ。今宵は牡丹《ぼたん》鍋にしてみようかと」

「それはいい」

美人女将《おかみ》のおようは、柳橋《やなぎばし》で長らく芸者をやっていた。

母の顔を知らぬ蔵人介にとって、おようは母のごときものだが、年齢からすると姉に近い。淑《しと》やかで品があり、何といっても料理の腕がすばらしかった。

敷居をまたげば客をあしらう空間は狭く、鰻《うなぎ》の寝床のように細長い。隠れ家のようなところなので、よほど親しい仲でないかぎり教えたことはなかった。

そこへ、夏目と冬馬を招いたのだ。

ふたりは細長い床几《しょうぎ》に横並びで座り、鍋の仕込みに取りかかる孫兵衛の手際をみつめている。

酒は吉野杉《よしのすぎ》の香が匂いたつ上等な下《くだ》りもので、突きだしには珍しいものが出てきた。

「鰻か」

「はい、利根川《とねがわ》下りにござります」

およう に説かれるまでもなく、鰻は夏だけのものではない。寒中丑《うし》の日にも食す。秋から冬に利根川を下る鰻は、ことに脂《あぶら》がのって美味いと言われていた。

「こいつは絶品だ」

夏目は箸をつけ、大袈裟に驚いてみせる。

孫兵衛が嬉しそうに語りかけてきた。

「特別のお客にしか出しゃしません」

蔵人介も、おように同じ台詞を告げられたことがある。

まだ、孫兵衛も客として訪れていたころのはなしだ。

「矢背どの、良い見世を紹介していただいた。感謝いたす」

夏目はもうできあがっており、挨拶もそこそこに酒を注ぎあった。

冬馬のほうは馴れていないせいか、肩の力がなかなか抜けない。

「今宵の主菜は、牡丹鍋にござります。秩父のほうで良い猪を入手できたものですから」

にっこり笑うおようの後ろで、孫兵衛は楽しげに青菜を刻んでいる。

「ぬはは、ここで薬食《くすりぐ》いができるとはな」

夏目が赭《あか》ら顔で満面の笑みをつくった。

「寒い夜は牡丹鍋がいちばんでござる。冬馬、そうであろうが」

「はあ」

やはり、打てば響くという感じではない。

「山育ちのおぬしならば、猪は食べ慣れておろう。されどな、小料理屋で食べる山鯨は別物だぞ」

「白味噌で食べるのは初めてにござります」

「ほれ、野菜も緑に赤に白と色とりどりであろうが」

くうっと、冬馬の腹が鳴った。

孫兵衛が大笊《おおざる》いっぱいに野菜を盛ってくる。

蔵人介が「実の父にござる」と紹介した。

「お城の天守番に三十年以上も就いていた御家人にござります」

「ほほう。すると、矢背どのは養子に出られたのか」

「十一歳で毒味役の家の養子になりました。亡くなった先代に毒味のいろはを仕込まれましてな」

「剣術もでござるか」

「田宮流を少々」

「なるほど、田宮流と申せば抜刀術。太刀行《たちゆき》の捷《はや》さは厳しい修行の賜《たまもの》であったか」

白味噌仕立ての鍋が煮えたので、おようが取り箸で牡丹肉を入れていく。

蔵人介は冬馬を気にかけながら、夏目のほうに水を向けた。

「それにしても、忠孝心貫流の片手逆袈裟は独特にござった。竹刀でなく本身《ほんみ》ならば、夏目どのの一手は避けられませなんだ」

「とんでもない。矢背どのの袈裟懸けこそが凄まじかった。正直、生きた心地がせぬほどでな。あの一手は、さすがの冬馬でも避けられまい」

はなしを急に振られ、冬馬は嫌な顔をする。

「さ、どうぞ」

おようが牡丹肉を椀によそってくれた。

ずるっと、夏目が汁を啜る。

「この白味噌の汁、こくがあってじつに美味い」

夏目のはなしは、次第に剣術から料理に移っていった。

「失礼ながら、公方様のお毒味役ともなれば、日頃から美味いものを食しておられるのでござろう」

「はて。たとえば、米ならば粒揃いの美濃米《みのまい》と定まっておりますが、まったく食べている気はいたしません」

「されど、めずらしいものは食しておられましょう」

「たとえば獣肉ならば、彦根《ひこね》藩井伊《いい》家からの献上肉がござります。牛肉を味噌漬けにしたものでしてな。上様のたいへんお好きなひと品にござる」

蔵人介はいつになく饒舌《じょうぜつ》だなと、自分でも感じていた。

夏目との会話はすすみ、冬馬が取りのこされていく。

おようは気を遣い、酒を何度もすすめてくれた。

「失礼ながら、相模どのは南部家のご領内でお生まれに」

さりげなく問えば、冬馬は曖昧《あいまい》にうなずく。

「さぞかし、あちらはお寒いのでしょうな」

「はい」

何度か山で死にかけたこともあるという。

凍てついた冬山で道に迷い、眠りかけたのだ。

そのたびに小柄《こづか》で腿《もも》を浅く刺し、痛みで眠らぬように心懸けた。

おかげで生きのびられたものの、手甲《てのこう》にもいくつもの傷跡が見受けられた。

かたわらから、微酔《ほろよ》い気味の夏目が口を添えた。

「冬馬は南部家のなかでも、きわめて稀《まれ》な役目に就いておりました」

冬馬の眸子が、きらりと光る。

「矢背どのとご血縁の方々なれば、お教えしても差しつかえあるまい」

とことわりを入れ、夏目はつづける。

「狼取りというお役目にござる」

「狼取り」

「はい。南部領はご存じのとおり、良馬の一大産地にござる。高値で売ることのできる馬を狼から守るべく生まれた役目にござる」

蔵人介は、わざと驚いてみせる。

「そのお役目に三年就き、狼を百匹以上も斬ってきた。それが、相模冬馬なのでござるよ」

冬馬は黙り、ただ酒を舐《な》めつづけた。

蔵人介は慎重に問うた。

「たいへんなお役目だ。三年もよくつづいたものでござるなあ」

夏目が応じた。

「冬馬が南部家を出奔したのは、狼取りが嫌になったからではござらぬ」

「と、仰ると」

「剣の腕を見込まれて殿様の馬廻り役に抜擢《ばってき》されたのじゃ。ところが、しばらくして出自を問われましてな」

「出自でござるか」

「いかにも」

冬馬は南部の狼取りの家へ養子に出された身だった。

「養子に出したもとが、津軽家に関わりのある家でしてな」

それがあろうことか、南部家の重臣の耳にはいった。

重臣とは江戸家老の田鎖杢左衛門《もくざえもん》のことだ。

いずれにしろ、津軽から南部へ養子に出されるのは考えにくい。

よほどの事情があったとしかおもえなかった。

「詳しいことは申せぬが、拙者は哀れにおもった養父から文《ふみ》を貰い、冬馬の出自を知りました。最初は道場に迎えることに躊躇《ちゅうちょ》した。なにせ、当道場には南部侍が大勢おります。何かと厄介事《やっかいごと》を起こす田鎖さまの三男坊もおりましたからな。されど、拙者は敢えて冬馬を預かろうときめた。津軽と南部はそろそろ仲違《なかたが》いを止《や》めねばなりませぬ。冬馬が雪解けの象徴になればよいと、ひそかに期待もしたのでござる。それに、こやつを目にしたとき、運命のようなものを感じました。神仏がきっと、息子のいないわたしに授けてくれたのだと、そんなふうにおもったのでござる」

夏目は眸子に涙をため、盃をかたむけた。

ふたりの絆《きずな》は、おもったよりも固そうだ。

蔵人介はそれ以上、余計な問いを発しなかった。

夏目の義妹で、十和田屋の妾となっていたおかじが悲惨な死を遂げたとわかれば、冬馬が仇《かたき》を討とうとするのは至極当然のことだ。たとい、十和田屋を葬った下手人だったとしても、冬馬を裁くつもりは毛頭《もうとう》ない。

肉の無くなった鍋には饂飩《うどん》が投じられ、三人の面前に美味そうな湯気の立ちのぼる椀が置かれた。

「至福、至福」

と言いながら、夏目は饂飩を啜りつづける。

「矢背どの、江戸ですばらしい知己《ちき》を得た気分でござる」

「拙者も」

「さようでござるか。ほっ、冬馬よ、嬉《うれ》しいのう」

冬馬はうなずき、饂飩を啜りつづける。

その目には、うっすらと光るものがあった。

九

公人朝夕人を介して、橘右近から呼びだしが掛かった。

久方ぶりに、中奥の隠し部屋へ向かわねばならぬ。

いつにもまして、気が重い。

おそらく、十和田屋暗殺に失敗したことを詰《なじ》られるであろうからだ。

足許をみられ、今まで以上の無理難題を強いられぬともかぎらない。

ともあれ、蔵人介は夜更けを待って宿直《とのい》部屋から抜けだした。

めざす楓《かえで》之間は、公方が朝餉をとる御小座敷の脇から御渡廊下《おわたりろうか》を抜けた左手、大奥へと通じる上御錠口《かみおじようぐち》の手前にある。

御膳奉行の控える笹之間から、御小座敷までは遠い。

三十畳敷きの萩《はぎ》之御廊下など長大な廊下を渡り、御渡廊下を進まねばならない。

薄暗い廊下のさきは上御錠口、その向こうは大奥《おおおく》だ。一方、廊下を左手に曲がって奥へ進めば、双飛亭《そうひてい》という茶室がある。

蔵人介は見廻りの目を巧みに欺き、楓之間に忍びこんだ。

一寸先もみえない暗がりを進み、床の間に近づく。

掛け軸の脇を手探りで探し、みつけた紐を引いた。

芝居仕掛けのがんどう返しさながら、床の間の壁がひっくりかえる。

御用之間と呼ばれる隠し部屋で待ちかまえていたのは、丸眼鏡《めがね》を掛けた小柄な老人だった。

職禄四千石の重臣にして「目安箱《めやすばこ》の管理人」と称される人物にはみえない。

だが、橘は寛政の遺老と称された松平信明《まつだいらのぶあきら》のころから現職にある「中奥の重《おも》石《し》」にほかならなかった。

　ここは歴代の将軍たちが誰にも邪魔されずにひとりで政務にあたった部屋でもある。

　四畳半のうち一畳ぶんは黒塗りの御用箪笥《ごようだんす》に占められており、箪笥のなかには上様御直筆の御書面や目安箱の訴状などが保管されていた。

　狭い部屋は、以前よりもいっそう狭く感じられる。

「わからぬか、御用箪笥を増やしたのじゃ。目安箱に投じられる訴状が増えおってな、仕舞っておく抽出《ひきだし》が満杯になったゆえ、こうするしかなかった」

　誰が箪笥を設置したのか。

　この部屋はいざとなれば公方が身を隠す部屋ともなる。

　公人朝夕人と自分以外にもどうやら、隠し部屋のことを知る者がいるらしい。

「あいかわらず、辛気《しんき》臭い顔をしておるのう」

　余計なお世話だ。

　部屋の低い位置には小窓があり、壺庭には千両《せんりょう》が赤い実をつけている。

　床柱《とこばしら》の竹筒には、薄紅色の寒牡丹が一輪だけ挿《さ》してあった。

「風雅であろう。わしが丹精込めて育てたのじゃ」

寒牡丹は牡丹よりも、ひとまわり小さい。

蔵人介は少しだけ、優しい気持ちになった。

橘は眼鏡の底から、ぎろっと目を剝いてくる。

「十和田屋の一件では、何者かに先を越されたそうじゃな」

「は」

「腐《くさ》れ商人《あきゅうど》め、大勢から恨みを買っておったらしい。おぬしが殺《や》らずとも、遠からず地獄へ堕ちる運命《さだめ》にあったのやもしれぬ。とは申せ、口惜しゅうはないか。みずからに課された役目を全《まっと》うできず、すかしっ屁《ぺ》をくろうた気分であろう」

蔵人介は黙って平伏《へいふく》し、つぎのことばを待った。

「十和田屋を討たねばならぬ理由は聞いたな」

「はい。抜け荷と」

「それもある。されど、まことの理由は別じゃ」

「と、仰ると」

「檜相場じゃ。あやつは木曽《きそ》や奥羽《おうう》の御用檜を買いあつめ、品薄にしたうえで相場を吊りあげておった。檜の相場はこののち、天井知らずに騰《あ》がる。それを見込んだうえでのう」

檜の値が天井知らずに騰がる明確な理由でもあるのだろうか。

「そこじゃ」

橘は冷めた茶を啜り、乾いた唇もとを濡らす。

「上様がな、またも困ったことを口になされた。聞きたいか」

「は」

「御天守の再建じゃ」

「えっ」

「驚くのも無理はない」

明暦の大火で焼失してよりこの方、百八十年近くも再建されていない天守を、国中が飢饉で疲弊《ひへい》した今になって再建しようというのだ。幕閣《ばっかく》のなかには「狂気の沙汰だ」と口走る重臣もあったらしい。

「されど、あながち突飛《とっぴ》なおもいつきでもない」

と、橘は言う。

関八州《かんはっしゅう》にあぶれた職の無い者たちを活用するには、常人の想像を遥《はる》かに超えた大規模な普請が必要になる。

つい先日、老中の肝煎《きもい》りで普請に関するご意見拝聴の機会が持たれた際、待ってましたとばかりに発言した重臣があった。

「作事奉行の浅水飛驒守じゃ」

悪びれることもなく「恐れながら」と声を張り、幕閣の御歴々をまえにして「御天守再建は職の無い者たちを救う妙案なり」と腹案を披露したのだ。

「御歴々の失笑を買っても、飛驒守は滔々《とうとう》と存念《ぞんねん》を語りつづけた」

なるほど、天守の再建が成れば幕府の威光を保つことができるうえに、普請の対価によって市中にも潤沢に金がいきわたる。そうなれば庶民の腹は満たされ、夜盗辻斬りのたぐいは減り、一石三鳥の施策にもなり得る。

なお、幕府の台所に負担を掛けぬよう、普請費用は諸藩にも分担させると聞いて、幕閣の御歴々は眉をひそめた。水野越前守忠邦《みずのえちぜんのかみただくに》などは横を向いてしまったが、この常識破りともいうべき作事奉行の案は公方家斉の耳にもたらされた。

奇策好きの家斉はたいそう喜び、天守再建が今の閉塞情況を打開する窮余《きゅうよ》の策として注目されるようになった。

「このはなしはまだ、幕閣内にとどまっておる。されど、噂は市井に漏れておる。檜相場が高騰しつつあるのは、そのためじゃ」

色めきたつ材木問屋のなかでも、十和田屋は目を瞠《みは》るような利益をあげていた。

「調べてみると、十和田屋は弘前藩津軽家の江戸留守居《るすい》役を介して作事奉行の飛驒守と通じておった。おおかた、とんでもない額の賄賂《まいない》が飛びかっておったにちがいない。怪《け》しからぬはなしじゃ。御天守再建の奇策は最初から仕組まれておったのよ」

幕府の作事奉行は奇策を献じて私腹を肥やし、津軽家の江戸留守居役は手にした泡銭《あぶくぜに》でひそかに吉原の花魁《おいらん》を身請けしていたという。

「浅水飛驒守は狡猾な人物じゃ。密談の証拠はいっさい残さず、打ち出の小槌《こづち》の十和田屋が死んだ途端、別の材木商に乗りかえようとしておる」

天守再建のはなしを餌にすれば、好きなだけ賄賂を手にできる。

乗りかえつつある相手とは、盛岡藩南部家御用達の材木商らしかった。

「津軽もひどいが、南部の飢饉も深刻じゃ」

天明の飢饉において、盛岡領内では六万人を超える餓死者が出た。その数は領民の三割近くにものぼったが、そのときに迫る勢いであるという。

「領内では火が点《つ》いておる。つい先日、領民たちのまとまった強訴があってな、藩は仕方なく減免の要求を受けいれたが、強訴した連中を解散させたのち、約束を反故《ほご》にしたうえで首謀者を処罰するつもりじゃ」

ひどいはなしだ。

蔵人介は、ぎゅっと両拳を握りしめる。

「騙《だま》された領民は藩主に見切りをつけ、村を棄《す》てるにちがいない。行きつくさきは仙台《せんだい》藩への越訴《おっそ》あたりか。いずれにしろ、領民から見放された藩主なぞ、害毒以外の何者でもないわ」

橘は興奮しすぎた自分を戒めるかのように、茶をずずっと啜った。

「蔵人介よ、おぬしを呼んだのはほかでもない。作事奉行と津軽家の留守居役に引導を渡さねばならぬ。ことに、作事奉行の浅水飛驒守は幕閣の御歴々も一目置くほどの人物じゃ。表の白洲で裁くことはできぬ」

窓が開いてもいないのに、風が吹きぬけたように感じられた。

床柱の竹筒から、寒牡丹の花弁が落ちてくる。

そういえば、津軽家の家紋も牡丹であった。

「哀れな」

橘はそう言ったきり、口を噤《つぐ》む。

以前のような親しげな態度はおくびにも出さない。

上役が配下に密命を下しただけのことだ。

橘の密命は幕命《ばくめい》にほかならず、幕臣ならば命懸けで従わねばならぬ。

密命に従いたくなければ、浪人になって赤貧《せきひん》に甘んじるしかない。

——できるのか、それが。

蔵人介は抗すべきことばを持たなかった。

十和田屋殺しの失態も尾を曳《ひ》いている。

ともあれ、新たな獲物を狩らねばなるまい。

蔵人介は能面のような顔で首肯し、隠し部屋を辞去《じきょ》した。

十

本所二つ目《ふためめ》、津軽屋敷そば。

「さっさござれや、さっさござれや、まいねん、まいねん……」

節季候《せきぞろ》の賑やかしが、暮れなずむ辻向こうに遠ざかっていく。

公人朝夕人は白い息を吐き、囁きかけてきた。

「狙う獲物は鮎川大膳《あゆかわだいぜん》、津軽家の江戸留守居役にござる」

「わかっておる」

「されば、鮎川が佐分利流槍術《さぶりりゅうそうじゅつ》の遣い手であることはご存じか」

蔵人介は、ぴくっと片眉を吊りあげる。

「つねのように、槍持ちをひとり従えており申す。いかに鬼役どのとて、ひと筋縄ではいかぬ相手」

「わしにできぬとでも」

「いいえ。ご忠告申しあげたまで。ついでに申せば、一撃目の突きは誘いにござる」

「ふん、みてきたようなことを抜かす」

蔵人介は鼻を鳴らし、物陰から一歩踏みだした。

纏った銀鼠《ぎんねず》の綿入れが、灰色の道に影を落とす。

「逢魔刻《おうまがどき》にござるぞ」

公人朝夕人の囁きにも振りかえらない。

竪川《たてかわ》の川風が背後から裾をさらう。

雪暗《ゆきぐ》れの空のもと、音もなく迫る魔物は蔵人介自身だ。

しばらく進み、津軽屋敷の手前で左手をみる。

ちょうどそこへ、一挺《ちょう》の駕籠があらわれた。

回向院《えこういん》のほうから亀沢町《かめざわちょう》を経てきたようだ。
駕籠脇には槍持ちがいる。
鮎川大膳だ。
蔵人介は、乾いた唇《くち》もとをぺろっと舐めた。
左手に曲がり、ゆっくり歩きはじめる。
雪道は踏みかためられていた。
ほかに通行人の人影は無い。
槍持ちが提灯の火を点けた。
まだ半丁近くある。
揺れる炎をめざし、蔵人介は歩を速めた。
やると決めた以上、逡巡《しゅんじゅん》はない。
相手の身分も剣の力量も考慮の外だ。
「ただ、斬るのみ」
あらゆる感情が寒風にさらわれ、剝《む》き身の闘争心だけが湧きあがってくる。
ふと、狼の目をおもいだした。
「相模冬馬」

何かの予兆でもあったのか。

前方の脇道から、人影がひとつ飛びだした。

「ぬわっ、くせもの」

槍持ちが叫び、駕籠かきどもが悲鳴をあげる。

雪上に落ちた駕籠の簾《すだれ》が巻きあがり、白足袋《たび》の侍が顔を出した。

「槍を持てい」

嗄《しやが》れた声で叫ぶや、慌てた槍持ちが駆けよっていく。

その背後に、刺客は迫っていた。

鮎川は槍を奪いとり、頭上で旋回させる。

「小癪《こしやく》な、わしを誰と心得る。津軽家の江戸留守居役ぞ」

「問答無用」

刺客は頭巾で顔を隠していた。

からだつきから、冬馬であることは容易にわかる。

蔵人介は動揺し、雪道に足を滑らせた。

「ぬわっ」

刹那、鮎川は青眼《せいがん》に構えた槍をしごく。

「ぬえい」

誘いの突きだ。

冬馬はそれと気づかず、抜いた刀でまともに受けた。

と同時に、槍の穂先が消える。

つぎの瞬間、柄のほうが飛んできた。

「ぐほっ」

冬馬は躱しきれず、右の頬桁《ほおげた》を叩かれる。

が、致命傷ではない。

何とか踏みとどまり、鮎川の懐中に飛びこむ。

「寄るな、下郎《げろう》」

「ふん」

冬馬の白刃が閃いた。

鮎川は血を吐き、俯せに倒れていく。

逆車からの片手逆袈裟斬り。

一刀で相手の命脈を絶つ怖ろしい技だ。

「ひぇっ」

槍持ちは腰を抜かし、這うように逃げていく。
冬馬は懐紙で血を拭い、白刃を黒鞘に納める。
血の付いた懐紙は、鮎川の懐中に押しこめられた。
隠しとどめだ。
冬馬が振りむく。
頭巾は外れ、頬は斜めに裂けている。
狼の眼光に射られ、蔵人介は身を縮めた。
たがいに相手の顔が判別できる間合いだ。
蔵人介はひとことも発せず、冬馬も黙している。
殺気が凍りついていた。
空から白いものが落ちてくる。
冬馬はゆっくりと足を運び、静かに遠ざかった。
それは雪山をうろつく狼の動きにほかならない。
「一度ならず、二度までも先を越されましたな」
背後から、公人朝夕人が囁きかけてくる。
「あやつ、ただの鼠ではありませぬぞ」

「どういうことだ」

背中で問いかけても、こたえは戻ってこない。

首を捻りかえすと、公人朝夕人はどこかへ消えていた。

雪がまだらに降りはじめ、槍を手にした屍骸を覆いかくしていく。

弘前藩邸のほうから、危急《ききゅう》を告げる番士たちの声が聞こえてきた。

十一

急勾配《こうばい》の浄瑠璃坂を登りきったさきは御納戸町だ。

町名のとおり、城内の調度品をあつかう納戸方の屋敷があつまっている。御用達を狙う商人の出入りが頻繁なので「賄賂町《まいないまち》」とも呼ぶ一角に矢背家はあった。

二百坪の拝領地に百坪そこそこの平屋が建っている。

粗末な冠木門《かぶきもん》からして、みるからに貧相な旗本屋敷だが、二百俵取りの御膳奉行にはふさわしい。

蔵人介は縕袍《どてら》を羽織って濡れ縁に座り、手焙《てあぶり》に両掌を翳《かざ》していた。

家人がいないときは雨戸の一部を開け、こうして庭の様子を眺める。

二羽の鵯が飛んできて、南天の実を啄《ついば》みはじめた。

ときには雉子《きじ》もやってくる。

幸恵のはなしでは、つがいの丹頂鶴《たんちょうづる》が遊びにきたこともあるという。

志乃が「鶴汁にしてくれよう」と家宝の「鬼斬《おにき》り国綱《くにつな》」をたばさんで飛びだしてきたときには、すでに羽ばたいたあとだった。幸恵はほっと安堵したのだと、笑いながら教えてくれた。

「そう言えば、夏目道場にも南天の木があったな」

つぶやいたところへ、串部が意味ありげな顔であらわれた。

「殿、妙なはなしを仕入れてまいりました」

串部は濡れ縁に腰掛け、手焙を勝手に引きよせる。

「十和田屋の妾おかじのことでござる。菩提寺の本堂へ通じる石段のうえから蹴落とされた。それが真相だとばかりおもっておりました」

「どういうことだ」

「十和田屋は詮議役の与力《よりき》に『おかじはみずから足を滑らせて石段から落ちた』と証言しております。誰もが疑っていた証言でござるが、それを裏付けることのできる者を拙者はみつけてしまいました」

菩提寺の小坊主がみていた。

あきらかに、妾のおかじは不注意で足を滑らせたのだという。

十和田屋は解きはなちになったので、小坊主はわざわざ役人に訴えることもないとおもったらしい。小坊主のはなしを住職が聞いたのは、十和田屋がこの世から去ったあとだった。

「小坊主が誰かに脅された形跡はござりませぬし、住職の人品骨柄《じんぴんこつがら》も折り紙付きにござる。つまり、十和田屋の証言は信じるに足るものとおもわれまする」

「公人朝夕人め、嘘を吐いたのか」

「あるいは、調べが甘かったか。いずれかにござりましょう」

おかじという妾の死が本人の不注意で起きたとすれば、相模冬馬による殺しの筋はちがったものになる。冬馬が事実を知っていたなら、恨みから十和田屋を殺めたという筋書きは消えるのだ。

「恨みによる凶行でないとすれば、ほかの理由を考慮せねばなりませぬ」

やはり刺客なのかもしれないと、串部は示唆したいようだった。

「ならば、役人殺しはどうなる」

十和田屋と通じていた定町廻りの河本弥一郎も、同じ手口で斬られていた。

「拙者も同じ疑いを抱き、ちと調べてみました」

そちらも、妙な事実に行きついていた。

「半月ほどまえ、材木相場を操ったかどで南部家の御用達が密告によって捕縛《ほばく》されております。捕縛したのが、河本弥一郎にござりました。捕縛は密告によるものでしたが、十和田屋の仕業《しわざ》だったに相違ありませぬ。南部家の御用達は中津屋惣右衛《なかつやそうえ》門《もん》と申しまして、すぐさま解きはなちになったとのことですが、ひょっとしたらその件と河本殺しが関わっているのやも」

「中津屋か」

「はい。殺された十和田屋の向こうを張る大店で、南部家の下屋敷がある麻布一本《あざぶいっぽん》松《まつ》に店を構えております」

南部家江戸家老の田鎖杢左衛門のもとへ、実子を養子に出しているという。

「殿、猪首の田鎖杢三郎をおぼえておいでか。あやつが養子にござる。中津屋が払った持参金は何と、二千両であったとか」

江戸家老の田鎖は、持参金目当てで御用商人と姻戚《いんせき》になったのだ。

「しかも、田鎖は重職に就いているにもかかわらず、持参金のすべてを檜相場に投じておる模様で」

南部家の者ならば、誰もが囁いている噂らしい。

それでも、田鎖に疑惑の目が向けられぬのは、藩主利済公のお気に入りだからだ。ほかの重臣たちも表立っては批判できず、手をこまねいて眺めていることしかできないという。

領内には飢饉が蔓延《まんえん》し、百姓たちの逃散が相次いでいるというのに、江戸家老ともあろう者が御用商人とはかって泡銭を儲けようとしている。

蔵人介は名状《めいじょう》し難い憤《いきどお》りを感じた。

「まこと、世も末にござる。密告によって捕縛された中津屋は田鎖との蜜月が判明し、解きはなちになったのでござろう」

中津屋も十和田屋も同じ穴の狢《むじな》だ。

「十和田屋亡きあと、中津屋は御用檜の買い占めに奔走しているとか」

作事奉行の浅水飛騨守が乗りかえようとしている相手は、中津屋なのかもしれない。天守再建の大普請も、中津屋に巨利をもたらす段取りがすすめられているのだろう。

「ついでに申せば、夏目道場は中津屋から多額の援助を受けております」

「何だと」

「そもそも、夏目家は南部家の出入旗本にござりましてな、御用達の中津屋には頭があがらぬはず」

となれば、夏目に恩義を抱いている相模冬馬も、中津屋の意のままにならざるを得まい。

「それともうひとつ、気になるはなしが」

「何だ」

「相模冬馬は津軽家の重臣と血縁にあると仰せでした」

「夏目どのから聞いたのだ」

「相模という姓に、ちと引っかかりがござります」

今から十年前、文政《ぶんせい》九年四月におこった参勤交代中の出来事だった。

「津軽公が暗愚《あんぐ》な殿様であることは誰もが承知しております」

若い時分から夜遊び好きで知られ、朝方から夕方まで寝惚《ねほう》けては重臣たちを悩ませていた。周囲がいくら諫言《かんげん》しても「遊興は余の病なり」と言いはなち、藩政など顧みようともしない。

参勤交代で江戸へ向かう道中でも宿場ごとに酒と女に入り浸り、行列はいっこうに進まなかった。もちろん、決められた期日までに江戸へ到着できねば、幕府より厳しい処分がある。場合によっては改易の怖れも否めず、ついに業《ごう》を煮やした家老のひとりが重大な決意を秘めて諫言に伺候《しこう》した。

「奥州街道の桑折宿《こおりじゆく》にて、その御家老は腹掻っさばいて諫言いたしました」

蔵人介も、そのはなしは知っていた。

阿呆な殿様と切腹した忠臣の対比が鮮やかで、死をもって諫言した家老にはえらく同情したおぼえがある。

「家老の名は高木盛隆《たかぎもりたか》さまと申します。せっかくの諫言も実らず、津軽公は十年経っても『夜鷹大名』のまま。一方、高木家は断絶こそ免れたものの、下士《かし》身分に貶《おとし》められたとか。血縁の者たちの殿様への恨みはいかばかりかと」

蔵人介は眉根を寄せる。

「待て。そのはなしと相模冬馬と、どういう関わりがあるのだ」

「じつは、高木盛隆さまには官名がございました」

突如、ばたばたと羽音が聞こえた。

「おっ、鴨が喧嘩をしておりますな」

「んなことはいい。官名を申せ」

「は、官名は相模守《さがみのかみ》にござります」

「ん」

「高木さまには妾腹《しょうふく》の子がひとりありました。幼きころより文武に優れた才をみせ、行く末は藩の重責を担う器と目された息子にござる。高木さまはその子を舐めるように可愛がっておったとか」

ところが、切腹により高木家が厳しい処分を受けた煽《あお》りで、側室《そくしつ》の母子は行方知れずとなった。

「風の噂によれば母は死に、子は仇敵《きゅうてき》の南部家に売られて生きながらえたとか」

「それが冬馬であると」

「ちがうとは言いきれませぬ」

冬馬は南部家に移り、過酷な冬山で狼取りになった。

おのれの姓に「相模」を使っているのは、武士らしい死を遂げた父を忘れぬためであろうか。

それとも、父の諫言を聞きいれなかった津軽公への恨みを忘れぬためなのか。

「いずれにしろ、とんでもない読みちがえをしておったようだ」

夏目三太夫ならば、真相を知っているかもしれない。

蔵人介は深々と溜息を吐き、重い腰をあげた。

十二

四谷大木戸跡そばの夏目道場には誰もおらず、不自然なほど静まりかえっていた。雪催《ゆきもよ》いの空のもと、市中には餅搗《もちつ》きの音が響いている。

堀川に目をやれば、新酒を運ぶ筏舟《いかだぶね》が行き来していた。

蔵人介は串部とはからい、中津屋惣右衛門を訪ねることにした。

ただ、訪ねるというのではない。

手荒な手段を講じる覚悟を決めていた。

南部家御用達の中津屋は、同家の下屋敷が建つ麻布一本松にある。

そばには堀川が流れ、小舟で南に進めば渋谷川《しぶやがわ》に合流できた。

蔵人介は急《せ》く気持ちを抑え、中津屋の敷居をまたいだ。

手代から主人の留守を告げられたので、外の物陰で待つことにする。

ここで引きさがる気は毛頭ない。

半刻経って日の入りが近づいたころ、それらしき宝仙寺駕籠が辻を曲がって近づいてきた。

ふっと物陰から離れ、凍えそうな両掌に息を吐きかけながら迫る。

途中で格子縞《こうしじま》の手拭いを取り、頬被《ほっかむ》りをする。

擦れちがう者は気にも掛けない。

蔵人介は道端から飛びだし、駕籠の行く手を遮った。

「ここで会ったが百年目」

運の悪さを嘆いてもらうしかない。

有無を言わさずに白刃を抜くと、提灯持ちの小僧と駕籠かきが一目散に逃げだした。

何が起こったのかもわからぬ駕籠の主は、簾を持ちあげて惚《ほう》けた顔を差しだす。

その鼻先に、氷柱《つらら》のような白刃が翳《かざ》された。

「ひぇっ」

「おぬしが中津屋か」

蔵人介は納刀し、八《や》つ手《で》のような掌を伸ばす。

襟首《えりくび》を摑んで引きずりだし、低声で脅しつけた。

「素直に従《つ》いてくれれば、命は助けてやる」

「うえっ」

中津屋は逃げようとして、自分の裾を踏んで転ぶ。甲羅《こうら》を下にしてじたばたする亀のようだ。

蔵人介は背中を踏みつけ、耳許に囁いてやった。

「死にたいのか。それなら、のぞみどおりにしてやろう」

「うわっ、ご勘弁を」

平伏する五十男を立たせ、堀川の流れる土手下へ導く。

一艘の苫舟《とまぶね》が繋がれていた。

船頭に化けた串部が待ちかまえている。

「ずいぶん、遅うござりましたな」

小太りの中津屋を乗せると、苫舟は静かに岸辺を離れた。

凍てついた川面に、波紋がさざ波となって広がる。

中津屋は四肢《しし》を震わせ、歯の根も合わせられない。

蔵人介はあらかじめ用意してあった手焙を引きよせた。

手焙には金網が置いてあり、烏賊《いか》の食べ滓《かす》がへばりついている。

串部を睨むと、肩をすくめてみせた。

烏賊を肴《さかな》に酒を呑みながら待っていたのだ。

まあよい。大目にみてやろう。

蔵人介は、中津屋に向きなおる。

「さて、手短《てみじか》にいこう。こっちの問いにこたえれば、命はとらぬ」

「……ま、まことにございますか」

「約束する。こうみえても武士の端くれでな」

「ご信じ申しあげます。どうか、命だけは」

「ふむ、わかった。されば、檜相場のはなしだ。商売敵の十和田屋が何者かに斬殺された。殺《や》らせたのは、おぬしか」

「……と、とんでもない。手前は何ひとつ存じあげません」

蔵人介は拳を固め、中津屋の鳩尾《みぞおち》に埋めこんだ。

「ぬぐっ……ご、ご勘弁を」

「戯《ざ》れ言《ごと》を抜かせば命はないぞ」

中津屋が落ちつくのを待ち、ふたたび顔を近づけた。

「さあ、真相を喋ってもらおう」

「まことに、手前は十和田屋殺しに関わっておりませぬ」

「ならば、誰が関わっておるのだ」

「お命じになったのは、御家老にございます」

「南部家の江戸家老、田鎖杢左衛門のことか」

「はい」

「田鎖のもとへ、おぬしは実子をくれてやったな」

「よくご存じで」

「知らぬ者はおらぬ。おぬしは田鎖と結託し、檜相場でしこたま儲けておるのであろう。十和田屋がおらぬ今となっては、おぬしらの天下だ。つまり、田鎖杢左衛門の罪はおぬしの罪も同然ということさ」

「お待ちを。十和田屋殺しを企《くわだ》てたのは、田鎖さまではございませぬ。さらに上の方から命じられ、刺客を放たれたのでございます」

「さらに上とは」

「……そ、それは」

「言わねば鼻を殺《そ》ぐ」

白刃を抜きかけると、中津屋は慌てた。

「お待ちを、どうか、お待ちを。申しあげます。そのお方は、御公儀の御作事奉行にございます」

「浅水飛騨守か」

「はい」

「妙だな。飛騨守は津軽家の江戸留守居役を介して、十和田屋と通じておったはずだ」

「いいえ。飛騨守さまは南部と津軽が犬猿の仲であることを利用し、双方から賄賂を搾《しぼ》りとっておりました」

双方を天秤に掛け、より儲けを生みだしてくれるほうにかたむいた。

それが南部家だっただけのはなしだと、中津屋は必死の形相で喋る。

蔵人介は鼻を鳴らした。

「浅水飛騨守に命じられ、田鎖杢左衛門は刺客を放ったのか。津軽家の留守居役と御用商人があの世に逝《い》った今、おぬしは左団扇《うちわ》で材木相場を操り、一方では御天守再建の大仕事を請けおう約定《やくじょう》をとりつけたわけだな。ふん、一生安泰ではないか」

中津屋は萎《しお》れた菜《な》っ葉《ぱ》のように頭《こうべ》を垂《た》れる。

「どうしようもない悪党どもだ」

みずからの地位を利用し、私腹を肥やすことだけを考えている。

浅水飛騨守と田鎖杢左衛門にたいし、蔵人介は強い怒りをおぼえた。

生かしておいては世のためにならぬ。しかし、ひとつだけ納得のいかぬことがあった。

「田鎖の放った刺客について聞きたい。そやつの名は」

「存じませぬ。ただ」

「ただ、何だ」

「刺客は南部の狼取りであったとか」

「ふうむ、ほかには」

「もとは津軽家重臣の血縁で、津軽公に深い恨みを抱く者とも聞きました」

「詳しく説明しろ」

「その者は積年の恨みを晴らすべく、津軽公のお命を狙っております。それを手助けするのと交換に、田鎖さまは裏の役目を請けおわせたと仰いました」

「南部の江戸家老ともあろう者が、藩主の暗殺に加担するだと。まさか、信じられぬ」

「酒の席での戯《ざ》れ言《ごと》ではありませぬ。南部と津軽の因縁を考慮すれば、充分にあり得るはなしでござります。ただし、田鎖さまには約束を守る気など毛頭ござりませぬ。すでに、刺客は役目を終えておりますゆえ」

「外道《げどう》め」

蔵人介は鼻をくらうほどの勢いで迫った。

「刺客はどうなる」

「……わ、わかりませぬ。手前には皆目《かいもく》」

始末されるのだ。

事情を知る夏目もろとも、消される運命にあるのだ。

ふたりは、もはや、この世にいないのかもしれない。

蔵人介は怒声を発した。

「中津屋、着物を脱げ」

「えっ」

着物を脱いで褌《ふんどし》一丁になった商人を後ろ手に縛り、串部が目隠しと猿轡《さるぐつわ》を嚙ませた。

苫舟はちょうど、古びた木橋の下に差しかかったところだ。

「殿、あそこに吊《つる》しておきましょうか」

「そうだな。殺さぬと言った以上、約束は守らねばならぬ」

「この堀川は舟の行き来が稀にござります。これだけの寒さのなか、はたして朝まで生きのびられるかどうか。そいつは、てめえの運次第だ」

串部に脅された中津屋は、不自由なからだを使って必死に命乞《いのちご》いをつづける。

苫舟は静かに岸へ向かった。

水鳥が波紋を避け、滑るように離れていく。

岸辺には雪中花《せっちゅうか》とも呼ぶ水仙《すいせん》が咲いていた。

桟橋《さんばし》にぶつかった水泡が弾け、ちゃぽんと音を起《た》てる。

中津屋は命乞いに疲れたのか、ぐったりしてしまった。

十三

長押《なげし》には注連飾《しめかざ》り、ゆずり葉にうらじろ、床の間には三方に鏡餅《かがみもち》、そして門口には門松と鰯の頭に柊。こうして、正月の仕度がととのうと、武家では豆打ちがはじまる。

煎《い》った大豆を枡《ます》に盛り、三方へ分け、一家の大黒柱となる主人が神前仏壇に供えたのち、家の一間ごとに「鬼は外福は内」と叫びながら豆を打つ。

豆は「魔滅《まめつ》」に通じ、厄《やく》を祓《はら》うことができるという。

さしずめ、鬼役の役目は欲という魔物にとりつかれた奸臣《かんしん》どもを滅することにほかならない。

公人朝夕人が悲惨なはなしをもたらした。

「夏目三太夫が斬殺されました」

屍骸は道場に近い長善寺の笹藪に捨ててあった。

すでに数日が経過しており、腐臭を放っていたという。

木刀で背後から後頭部を割られた痕跡があったと聞き、蔵人介は咄嗟《とっさ》に猪首侍の顔をおもいだした。

田鎖杢左衛門の養子となった中津屋の倅《せがれ》、杢三郎のことだ。

父に命じられ、夏目の隙を狙って命を奪ったにちがいない。

蔵人介は夏目三太夫の屈託のない笑顔をおもいだし、泣きたい気持ちになった。

――矢背どの、江戸ですばらしい知己を得た気分でござる。

夏目のことばが耳から離れず、怒りの持って行き場を探しあぐねた。

だが、悲しんでいる暇はない。

公人朝夕人の伝右衛門は、密命の催促に訪れたのだ。

「作事奉行のこと、年内に片を付けよとの仰せでござる」

誘われるがまま、串部ともども雪見舟に乗りこんだ。

沈黙する大川を遡《さかのぼ》ったさきは、向島《むこうじま》の川に面した料亭である。

料亭の奥座敷で、作事奉行と南部家の江戸家老が密談を交わしているという。

公儀の普請を任された作事奉行が特定の藩の重臣と会うのは禁じられている。

「会っていることがわかっただけでも罪になり申す」

危ない橋を渡るだけの価値がある耳寄りの儲け話でもしているのだろう。

「まさに好機、これを逃せば年越しは免れますまい」

伝右衛門の言うとおりだ。

蔵人介は心を鎮めるべく、舟中で瞑目《めいもく》しつづけた。

橋の命を待つまでもなく、作事奉行の浅水飛驒守と南部家江戸家老の田鎖杢左衛門は葬る腹でいる。

伝右衛門も串部もそれと察し、余計なことばを発しない。

十和田屋の件では嘘を吐かれたと、蔵人介はおもっていた。

伝右衛門は「妾のことは調べが足りなかった」と弁明したが、そうではあるまい。

が、もはや、どうでもよいことだ。

三度目の暗殺御用は、冬馬に先を越されることもなかろう。

そういえば、木橋に吊した中津屋は命を長らえたようであった。

しかし、あの夜以来、あまりの恐怖に声を失い、店の奥座敷に籠《こ》もって震えつづけているという。

中津屋のことは敵の耳にもはいり、警戒を促したようだった。

「おおかた、津軽に縁ある者たちの仕業だとおもいこんでおりましょう」

三人を乗せた雪見舟が桟橋にたどりつき、四半刻が経過した。

凍てつく川岸に、船灯りが揺れている。

まだ日没には間があるものの、あたりは夕暮れのような暗さだった。

飛騨守と田鎖には用人が三人ずつ、都合六人の手練《てだ》れが従いている。

用人どもは公人朝夕人と串部に任せ、蔵人介は大物ふたりに引導を渡す役目を負っていた。

串部が物見から戻ってくる。

「用人六人は二手《ふたて》に分かれ、四人は外に、ふたりは内に目を光らせております」

「外の四人は引きうけましょう」

と、伝右衛門が言った。

「命を奪うのか」

蔵人介の問いに、にべもなく応じる。

「暗殺御用に甘えは禁物。盾となる者があれば、すべて敵とみなさねばなりますまい。串部どのも覚悟はできておられます。鬼役どの、心を鬼になされませ」

串部が鼻を鳴らす。

「ふん、偉そうに」

伝右衛門は音もなく離れていった。

おそらく、四人の手練れどもは抗《あらが》う暇《いとま》も与えられまい。

公人朝夕人の鮮やかな手並みは、何度か目にしたことがある。

「殿、じつはもうひとつ」

「何だ」

「内の守りに就く者のひとりは、猪首の若造にござります」

「田鎖杢三郎か」

「よろしければ、拙者にお任せを」

「わかった」

「されば、われわれもまいりましょう」

串部に誘われ、重い腰をあげる。

茶屋の表口に近づくと、すでに四人の見張りは片づけられたあとだった。

「あいつ、でかい口を叩くだけのことはある」

串部のあとにつづき、裏手へまわった。

ふたりの大物は中庭をのぞむ一階の奥座敷で酒を呑み交わしているところだ。

襖障子《ふすましょうじ》が閉まっているので、内の様子は判然としない。

芸者の嬌声《きょうせい》が聞こえてくるので、膝詰めの堅苦しい対談ではなさそうだ。

「座持ちの役を引きうけているのは、肥えた商人にござります。おそらく、中津屋に代わる材木商かと」

最後の盾となる用人ふたりのうち、顎の長いひとりは中庭をうろつき、もうひとりは廊下の片隅に控えている。

廊下に控える猪首侍は、冬馬に難癖をつけていた男だ。

田鎖杢三郎に、まちがいない。

蔵人介と串部は黒布で口を覆い、たがいにうなずきあった。

はっとばかりに、串部が奔《はし》りだす。

「ぬわっ、くせもの」

顎の長い用人が叫び、杢三郎も廊下から飛びおりてきた。

「つおっ」

顎長が白刃を抜きはなつ。

串部は低く沈みこみ、雪道を掬《すく》うように「鎌髭」を滑らせた。

「ぬぎゃっ」

悲鳴のあとには、二本の臑が切り株のように残っている。

蔵人介は別の方角を駆けぬけ、奥座敷の廊下をめざす。

「ぬ、もうひとりおったか」

振りむいた杢三郎の背後には、串部が迫っていた。

「夏目どのの仇じゃ、覚悟せい」

「何の」

杢三郎は振りむきざま、水平斬りを繰りだす。

串部が消えるや、杢三郎の背が一尺ほど縮んだ。

「あれ」

達磨《だるま》落としの要領で、臑を刈られている。

つぎの瞬間、杢三郎は血溜まりのなかに転んだ。

断末魔《だんまつま》の声を聞いても、蔵人介は振りかえらない。

廊下にあがり、部屋の気配を窺っていた。

襖障子の向こうは、静まりかえっている。

張りつめた空気のなかに、人の息遣いが微《かす》かに伝わってきた。

外の凶事を察し、内の連中は息を殺しているのだ。

蔵人介は覚悟を決めた。

「ぬわっ」

襖障子に向かい、肩からぶちあたっていく。

「きゃあああ」

芸者たちの悲鳴があがった。

畳に転がった蔵人介の鼻先へ、菊池槍《きくちやり》の穂先が伸びてくる。

「くせものめが」

穂先をかいくぐり、相手の懐中へ潜りこんだ。

下から顔を覗く。

南部家江戸家老、田鎖杢左衛門の顔だ。

恐怖にゆがんでいる。

「刺客め」

田鎖は仰《の》け反った。

蔵人介は相手の脇差《わきざし》に手を伸ばす。

白刃を抜きはなち、倒れこむ。

剔《えぐ》った。

「びひぇっ」

悪党の脇腹が、ぱっくり裂けた。

愛刀の来国次を使うまでもない。

田鎖杢左衛門は菊池槍を手にしたまま、畳に額を叩きつけた。

「控えい」

上座で仁王立ちになった人物が、八の字髭をそびやかす。

「わしを誰と心得る。公儀作事奉行、浅水飛騨守ぞ」

「もとより、承知」

蔵人介は血を吸った脇差を抛った。

浅水はすでに、刀を抜きはなっている。

「密命により、お命頂戴いたす」

蔵人介は長い柄《つか》に手を添え、静かに国次を抜いた。

腰反りの強い国次の風貌が、相手を縮みあがらせる。

「……ま、待て、待たぬか。誰の差しがねじゃ。津軽か」

「問答無用」

蔵人介は青眼に構え、すっと身を寄せた。

「ぬわっ」

浅水が及び腰で構え、中段から突いてきた。

これを小当たりに受け、返しの一撃を繰りだす。

「のぎゃっ」

ほとばしる鮮血とともに、作事奉行の首が飛んだ。

勢いよく飛んだ首は天井にぶつかり、畳に落ちて鞠《まり》のように跳ねる。

首無し胴は倒れもせず、斬り口から血を噴いていた。

「田宮流抜刀術の飛ばし首、お見事でござる」

廊下の下から、串部が声を掛けてきた。

修羅場《しゅらば》と化した奥座敷の隅には、座持ちの商人や芸者たちが身を寄せあっている。

「悪い夢をみさせたな」

蔵人介は血を振って納刀するや、地獄へ堕ちた悪党の屍骸《むくろ》に背を向けた。

十四

師走晦日《みそか》。

今年最後となる定例登城の朝、蔵人介は下馬先で雪かきを差配する陣笠の人物に呼びとめられた。

「おれのことを知っているかい」

「は。小普請奉行の遠山左衛門少尉さまにあられましょう」

「おめえさん、鬼役の矢背蔵人介だろう」

「いかにも」

「何も、しゃっちょこばることはねえさ。おめえさんのほうが少しばかり年上だ」

「さりとて、身分がちがいます」

「おめえさんも御膳奉行だろう。同じ奉行じゃねえか」

「はあ」

やけに親しくしてくる理由がわからない。

「おめえさん、生みの親は天守番だったそうじゃねえか。天守番の息子なら、あそこにみえる富士見櫓じゃ物足りめえ」

遠山はそう言い、顔を近づけてくる。

「御天守を再建するって噂、聞いたことがあるかい」

「はあ」

「おれに言わせりゃ、くだらねえ寝言《ねごと》だぜ。民百姓がこれだけ苦しんでいるときに、御城普請なんぞ聞いて呆れる。ましてや、無用な御天守の再建なんぞ糞くらえだ。御天守にまわす金があるんなら、お救い小屋でも作りゃいい。無宿人が溢《あふ》れて仕方ねえとなったら、ひとつところに集めて物を作らせりゃいいんだ」

至極《しごく》まともなことを言っていると、蔵人介はおもった。

だが、聞きようによっては天守再建を指示した公方への批判とも受けとられる。聞かせる相手をまちがえたら、首の飛ぶはなしだ。

「へへ、おめえさんは残念だろうが、御天守の再建は無くなったよ。八の字髭の阿呆な作事奉行がおっ死《ち》んでくれたおかげでな。河豚毒で死んだって噂だが、おれは信じちゃいねえ。刺客に殺られたのさ」

ぎろっと睨まれた気がした。

「ま、そいつはおれの想像ってやつだ」

と、遠山はお茶を濁《にご》す。

「ふふ、気にすんな。愚痴をこぼす相手を捜していたのさ。おめえさんは口が堅いことで有名だからな」

「遠山さま」

「お、金四郎と呼んでくれ」

「されば、金四郎さま。そろりとお暇《いとま》してもよろしゅうござりますか」

「おっとすまねえ。とんだ道草につきあわせちまった」

蔵人介は一礼し、その場から去りかけた。

「待ってくれ。ほら」

遠山は、藍色の可憐《かれん》な花を手にしていた。

「冬のすみれ。富士見櫓の石垣の狭間に咲いていた。おめえにやるよ。礼のつもりさ。へへ、これからもよろしくな。おっとそうだ、鴨鍋でも食いにいかねえか。なあに、縁起担《えんぎかつ》ぎさ。暮れに鴨を食べれば一年風邪をひかねえっていうしな。今宵は無理かい。そうか、残念だな。ふへ、ふへへ」

遠山は胸を張り、笑いながら去っていく。

蔵人介の手には、一輪の冬すみれが残った。

首をかしげつつも、何やら清々《すがすが》しい気分だ。

千代田の城内にも、おもしろい人物はいる。

それにしても、遠山金四郎には以前にもどこかで軽口を叩かれたような気がしてならなかった。


同日夕刻。

常盤橋《ときわばし》御門外には金座《きんざ》がある。

下城の刻限が近づいていた。

空には雪がちらついている。

公人朝夕人が新たな密命を帯びてきた。

「津軽公のお命をお守りせよ」

腑《ふ》に落ちない。

なぜ、幕臣の自分が津軽公の命を守らねばならぬのか。

理由は、津軽領内におけるいっそうの混乱を避けるためだという。

藩内には派閥同士の内紛が絶えず、領民の一揆や逃散なども増え、藩政の舵取《かじと》りが難しくなっていることに鑑《かんが》み、近々、藩主への詰問がおこなわれることとなった。そうした折り、藩主にもしものことがあったら、津軽一国の仕置きに支障が生じる。

ともあれ、幕府としては十万石にのぼる雄藩《ゆうはん》の藩主をあたら死なせるわけにはいかないので、盾となって刺客を阻めというのだ。

いったい、津軽公は誰に命を狙われているというのか。

「相模冬馬」

という名を公人朝夕人の口から聞いたとき、蔵人介は背筋に痛みをおぼえた。

密命を授けた橘右近を恨むと同時に、斬りたくない相手を斬らねばならぬおのれの運命を恨んだ。

「要は、十和田屋殺しを失敗《しくじ》ったことの尻拭《しりぬぐ》いでござるよ」

公人朝夕人は、淋しげに笑いかけてくる。

尻拭いなどではない。

冬馬とはいずれ、決着をつけねばならなかったのだ。

歳の市で賑わう浅草寺で出遭《であ》ったときから、そうした予感はあった。

ただ、橘にこうしたかたちで命じられようとは、おもいもしなかった。

冬馬を斬りたくはない。

蔵人介は逡巡を抱えながら、常盤橋御門外へやってきた。

背には金座がある。

山吹色の小判に魅せられた連中が憧れるさきだ。

「まことに、刺客はあらわれるのでござりましょうか」

見届役を買ってでた串部が、不安げな表情を浮かべた。

事情を知る串部も、できれば冬馬の死をみたくはない。

後ろに控えた公人朝夕人が口をひらく。

「八つ過ぎには津軽家の一団が参りましょう。刺客はかならずあらわれまする」

根拠を糾すまでもない。

公人朝夕人の言うことは、いつも確実だった。

蔵人介は、狼の目を浮かべてみる。

雪は網目のように降りつづき、行き交う者の足跡を消していく。

「刻限にござる。お覚悟を」

公人朝夕人が促してきた。

「半端《はんぱ》な心で立ちあえば、返り討ちにあいますぞ」

わかっている。

蔵人介は目を瞑《つむ》った。

橘の密命に従いたいわけではない。

ただ、冬馬が背負わされた不運の連鎖を断ちきりたいだけだ。

堅固《けんご》な門がひらき、枡形の口から津軽牡丹の紋入りの駕籠が悠然と角《つの》を出す。

供人は優に三十人を超えているものの、隊列は縦に間延びしていた。

駕籠脇の警護は手薄で、あきらかに側面が狙い目だ。

蔵人介は登城時の裃を纏い、黒蛇《じゃ》の目《め》を差している。

蛇の目をたたみながら大股で近づき、周囲に油断なく目を配った。

表通りから門外にかけて、見物人をあてこんだ物売りが数人出張っている。

蕎麦屋台の風鈴が「ちりん」と良い音色を鳴らした。

駕籠の一団が迫っているにもかかわらず、蕎麦屋台の親爺は頬被りを取ろうともしない。それどころか屋台を担いだまま、一団の供先《ともさき》へ近づいていく。

「あやつか」

蔵人介は蛇の目を捨て、裾を捲《めく》りあげた。

親爺はようやく屋台をおろし、道端に蹲《うずくま》る。

あきらかに、様子がおかしい。

左手の脇には、簀巻《すま》きにした長いものが置いてある。

親爺が頬被りを取った。

冬馬か。

いや、ちがう。

土気色《つちけいろ》の皺顔だ。

親爺は長いものを手に取り、駕籠のほうへ翳《かざ》す。

割竹だ。

先端には、訴状が挟んである。

合点した。

駕籠訴なのだ。

「津軽郡弘前領鰺ヶ沢《あじがさわ》の名主《なぬし》にござります。お殿様、どうか、訴えをお聞きとどけくだされ」

国許の百姓たちを代表して、命懸けで窮状を訴えにきたのだ。

「下郎め、割竹とは無礼なり」

供頭《ともがしら》らしき陣笠の侍が駆けより、抜き討ちの一刀で男を斬る。

「ぬぎゃっ」

断末魔の悲鳴が響くなか、信順公を乗せた駕籠は歩みを止めた。

列のしんがりから、陣笠をかぶった供人が影のように迫ってくる。

「そっちか」

蔵人介も駆けた。

あらかじめ、金剛草履《こんごうぞうり》の裏には滑り止めの鞣《なめ》し革《がわ》を貼っている。

供人の多くは、斬りすてにされた名主に注目していた。

前後から殿様の駕籠に迫るふたつの影には気づかない。

駕籠脇を固める供侍が、ようやく背後の殺気に気づいた。

「ぬわっ、なにやつ」

叫んだ途端、片手逆袈裟に斬りすてられる。

血達磨になった供人は後ろの駕籠にぶつかり、ぶつかった勢いで駕籠は横倒しになった。

「あっ、殿」

側近の老臣が叫び、あたふたと駆けよる。

駕籠の内から、生白い腕が差しだされた。

つづいて、瓜実顔《うりざね》の信順公が顔をみせる。

――夜鷹大名。

という綽名そのままの眠そうな顔だ。

「父高木相模守盛隆の仇」

「へっ、誰じゃそれは」

惚けた殿様の首を狙って、冬馬が襲いかかった。

「待てい」

至近から、蔵人介が怒鳴りつける。

驚いて振りむいた冬馬は、眸子を瞠《みは》った。

「……あ、あなたは」

どうして、ここにいるのかと、目で訴えかけてくる。

蔵人介は顔色も変えず、ずらっと腰の愛刀を抜いた。

ふたりの気迫に呑まれ、周囲の供人たちは動けない。

「なにゆえにござる」

冬馬が苦しげに疑念を吐いた。

蔵人介は微塵《みじん》の迷いもみせない。

「私心はない。幕命を果たすのみ」

「幕命でござるか」

「さよう」

「されば、詮方《せんかた》ありませぬな」

「遠慮はいらぬ」

「承知いたしました」

「けえ……っ」

ふたりは、同時に雪を蹴った。

――きいん。

刃と刃が激突し、反撥《はんぱつ》しあうように離れる。

蔵人介の頬からは、ひと筋の血が滴《したた》っていた。

一方、冬馬の左腕にも深紅《しんく》の血が流れている。

「ふっ、手負いの狼が二匹」

大名の眼前で真剣勝負をしているのだ。

つぎの一手できまると、蔵人介はおもった。

冬馬も同じおもいなのか、刀身を青眼からさげ、逆車に構えなおす。

ふたりは爪先で躙《にじ》りより、じわじわと間合いを詰めた。

「はあっ」

裂帛《れっぱく》の気合いが重なる。

鋭い踏みこみから、下段の片手斬りがきた。

蔵人介はこれに対抗し、右八相から叩きふせる。

――がつっ。

鈍い金属音が響いた。

冬馬の刃が折れている。

牙を抜かれた狼は、澄んだ目を向けた。

「……む、無念なり」

蔵人介は奥歯を食いしばる。

眸子を瞑《つむ》り、冬馬の胸を裂いた。

「ぬぐっ」

ことされる瞬間、冬馬が笑ったように感じられた。

我に返った信順公が、疳高《かんだか》い声を裏返す。

「ようやった。そちは幕臣か。名を聞かせよ」

「名乗るほどの者ではござらぬ」

「聞かせよ。褒美を取らす」

「んなものはいらぬ」

蔵人介は懐紙で刀の血を拭い、さっと宙にばらまいた。

血の付いた懐紙の一枚が、冬馬の死に顔にかぶさる。

「隠しとどめだ。おぬしの流儀であろう」

灰色の雪道に、蔵人介の足跡が点々と連なった。

遠ざかるその背中は、泣いているようにもみえた。

連判状《れんぱんじょう》

一

天保八年（一八三七）、正月七日。

松の内に武芸上覧《ぶげいじょうらん》を催せと命じたのは、将軍家斉であった。

「ただの気まぐれじゃ」

と、小姓衆を束ねる橘右近は溜息を吐いた。

「やれやれ」

蔵人介は朝餉の膳に出された七草粥《ななくさがゆ》の毒味を済ませたあと、本丸表の白書院《しろしょいん》へやってきた。それとなく家斉の警護に当たるよう、老中の水野越前守忠邦から橘を通じて命が下されたのだ。

第三代将軍家光《いえみつ》の御代から、武芸上覧は白書院広縁にておこなうこととされている。

白書院は大広間につぐ高い格式を持つところだ。

勅使《ちよくし》などに対するとき、将軍は床の段差が五寸八分高い上段之間に座るが、今は嗣子《しし》家慶《いえよし》と並んで下段之間に座っている。

広縁に向かって左側、帝鑑《ていかん》之間の入側《いりかわ》前列には老中たちが、後列には若年寄たちが、さらにその後方には大目付《おおめつけ》が座っていた。蔵人介は広縁にもっとも近い桟際に、木暮半兵衛《こぐれはんべえ》という伊賀者《いがもの》の手練《てだ》れとともに控えている。

一方、広縁に向かって右側、松之廊下から通じる桜溜《さくらだまり》には御三家や諸大名が陣取っていた。城内には「奥詰め衆並びに御奏者番をはじめ布衣以上の方々は見物勝手次第」との触れが出ており、壁に帝鑑図の描かれた帝鑑之間やその背後にある連《れん》歌《が》之間は奥勤めの面々でぎっしり埋まっている。

家斉は齢《よわい》六十五、将軍の座に就いて五十一年目になる。体軀は海馬《とど》のように肥大しており、痛風《つうふう》のせいで膝が痛くて仕方がないようだった。まわりより二段高い席に座り、隣の家慶を見下ろしている。

一方、嗣子の家慶は齢四十五になった。将軍の座を譲ってもらえずに西ノ丸で燻《くすぶ》りつづけ、大酒を喰《くら》っては側近たちにくだを巻いているという。頭が大きくて顎は異様に長く、黄色く濁った目や肌をみれば肝《かん》ノ臓《ぞう》を患っているのはすぐにわかる。

御政道が痛風病《や》みと大酒喰いに託されているのだとしたら、これほど嘆かわしいことはない。しかし、それが現実なのだ。一介《いっかい》の鬼役には変えようもない。胸に渦巻く不平不満を押し殺し、与えられた役目を淡々とこなすしかなかった。

すでに午刻《ひるどき》も近く、十四流派におよぶ形《かた》の披露が延々と繰りかえされている。

家斉が帝鑑之間に座す老中の水野越前守忠邦に目配せし、越前守が左手縁側の目付《めつけ》に合図したのち、武芸上覧は開始された。老中首座の大久保加賀守忠真《おおくぼかがのかみただざね》ではなく、近頃はお気に入りの越前守にこうした役目をさせている。それを満座《まんざ》の連中は息を凝らしてみつめていた。

欠伸《あくび》を嚙みころす家慶に向かって、家斉は周囲に聞こえるほどの大声で問いかけた。

「津軽出羽《でわ》のことは聞いたか」

「えっ」

「常盤橋《ときわばし》御門外のことじゃ」

「あ、はい。何でも、刺客に襲われたとか」

「ぐふっ、出羽の間抜け面《まぬづら》が浮かぶわい。それに輪を掛けて間抜けなのが、南部の信濃守《しなののかみ》よ。圧政に耐えかね、領内の百姓どもがごっそり逃げておるらしい。そのうちに、人っ子ひとりおらぬようになるわさ」

「ほう、それは存じませなんだ」

「津軽と南部の確執は今にはじまったことではない。二藩はたがいに敵愾心《てきがいしん》をあらわにし、何かと申せば高直《たかなお》しを望んできよる。官位を買うために途方もない借金をし、そのつけは領民にまわされる。どうしたものかのう」

蔵人介はほかの連中同様、聞き耳を立てた。

家斉にしては、まともなことを口にしている。

津軽と南部の仕置きについて、満座のまえで嗣子家慶の存念を糾《ただ》しているのはあきらかだ。

そのために御前《ごぜん》試合を仕組んだのかもしれないと、蔵人介は疑った。

「はて、どうしたものにござりましょう。切れ者の越前にでも考えさせますか」

「家慶よ、そちには脳味噌がないのか」

「はあ」

「はあ、ではない。二藩の石高は都合三十万石じゃ。これを幕領《ばくりよう》にいたせば、どれだけの実入りがあるとおもうておる」

「まさか、父上は二藩ともお取りつぶしになさるおつもりで」

「莫迦《ばか》め。取りつぶしにするにも理由がいるわ。寄《よ》る辺《べ》を失い、路頭に迷う浪人どもから恨みを買わぬ理由がな。それを自分の頭で考えよと申しておるのがわからぬのか。酒ばかり喰《くろ》うておるから、脳味噌が無《の》うなってしまうのじゃ。そんなふうでは、将軍の座布団を渡せぬぞ」

家慶は黙したまま、声も出さない。

歯軋《はぎし》りが聞こえたのは気のせいか。

――どどん。

本日の呼び物の開始を告げる太鼓の音が轟《とどろ》いた。

左手から木刀を握った白装束の剣士がふたり、颯爽《さつそう》とすがたをあらわす。

行司《ぎようじ》役の老臣が上座を向き、凜然《りんぜん》と発した。

「これより、御手直しの柳生但馬守《やぎゆうたじまのかみ》さまと七番勝ちぬけの勝者との申しあいをおこないまする」

柳生但馬守とは大和国《やまとのくに》柳生藩の第十代藩主、英次郎俊章《えいじろうとしあきら》のことだ。三十手前の好漢《こうかん》で剣の力量は折り紙付き、幕府の剣術指南役をつとめている。何といっても、一万石の大名なのだ。この柳生英次郎と一手合わすのが、世に数多《あまた》いる剣客たちの夢にほかならなかった。

家斉が身を乗りだす。

「七番勝ちぬけとな。その者に名乗りを許す」

「はは」

命じられた水野越前守が一礼し、目付を通じて行司役に伝える。

行司役に促され、三十そこそこの大柄な月代侍《さかやきざむらい》が一歩進みでた。

家斉は機嫌がよい。

「直答《じきとう》を許す。近《ちこ》う寄れ」

「へへえ、ありがたきしあわせにござりまする」

月代侍は膝を折り、その場に平伏する。

「なれど、上様。拙者は北町奉行所の与力《よりき》にござりまする」

「なに、不浄役人か」

「いかにも、さようにござりまする。不浄役人が御前で名乗るわけにはまいりませぬ」

「許す。苦しゅうない」

「へへえ。されば、拙者は明神小五郎《みようじんこごろう》と申しまする」

「流派は何じゃ」

「卜傳流《ぼくでん》にござりまする」

「奥義《おうぎ》は」

わずかな間があり、明神は堂々とこたえた。

「恐れながら、たとい上様のご所望《しよもう》であっても、奥義はお教えできませぬ」

「何と」

満座の衆がどよめいた。

家斉は巨体を揺すって立ちあがり、小姓から宝刀《ほうとう》の三日月宗近《みかづきむねちか》を奪いとる。

周囲は水を打ったような静けさに変わった。

家斉は宝刀を鞘ごと摑み、ずかずか大股で歩みよる。

誰もが息を呑んだ。

明神は平蜘蛛《ひらぐも》となって平伏し、ぴくりとも動かない。

家斉は広縁の際《きわ》で立ちどまるや、ずらっと宗近を抜いた。

反《そ》りの深い優美な刀身が、煌《きら》めく陽光を反射させる。

蔵人介は刀身の美しさに見惚れながらも、目のまえの惨事に身構えた。

「くっ、くははは」

宗近を頭上に翳《かざ》し、家斉は太鼓腹《たいこばら》を揺すって嗤《わら》いだす。

「剛《ごう》の者、よう言うた。あれにある柳生英次郎をぶちのめしてまいれ」

「へへえ」

名指しされた英次郎は、家斉の威厳に気圧《けお》されている。

それでも、将軍家指南役としての矜持《きょうじ》を賭け、受けてたたねばならない。

家斉は宗近を螺鈿細工《らでんざいく》のほどこされた鞘に納め、席に舞いもどった。

嗣子家慶は目をあわせようともせず、怯《おび》えた栗鼠《りす》のように震えている。

「ご両者、前へ。されば、これより一本勝負をおこないまする。はじめっ」

行司役の合図と同時に、両者は気合いを発した。

「ぬおっ」

「すりゃっ」

もはや、身分の垣根はない。

獣と獣が吼《ほ》えあっている。

両者は相青眼《あいせいがん》で探りあった。

明神の構えは水平に近く、木刀の先端は相手の水月《すいげつ》を狙っている。水月に付ける青眼といい、撞木《しゆもく》に開いた両足といい、卜傳流独特の構えだ。

明神はさらに、構えを変えていった。神主《かんぬし》が笏《しやく》を持つように、木刀を立てたのだ。

「印《いん》の構えか」

蔵人介は目を吸いよせられた。

明神のからだが、細長い木刀の背後に隠されたような錯覚をおぼえる。

ここからはおそらく、印の構えをくずさずに相手の攻撃を左右にさばき、入身《いりみ》の技を繰りだすにちがいない。

屈んだり、片膝をついたり、折身《おりみ》や居敷《おりしき》をとった低い位置から突きや剔《えぐ》り返しを浴びせる。卜傳流の真骨頂《しんこつちよう》とも言うべき攻撃は、甲冑《かつちゆう》武者《むしや》相手に股間や籠手《こて》裏や喉仏《のどぼとけ》を狙う介者剣術《かいしやけんじゆつ》を彷彿《ほうふつ》させた。

華麗な形を身上《しんじよう》とする柳生の殿様からみれば、まことに厄介《やつかい》な相手となろう。

明神はそのまま、不動明王《ふどうみようおう》のように動かない。

焦《じ》れた英次郎が先手を打った。

「ぬおっ」

木刀を上段に振りあげ、斬りおとしに出る。
明神は受けずに面を外し、素早く突きを繰りだした。
木刀の先端を相手の柄《つか》に当て、咄嗟に手の内を返したのだ。
「うっ」
裏籠手がきまった。
常人ならば、木刀を落としている。
さすがに、英次郎は落とさない。わずかに遅れて、相手の左肩を叩いていた。
明神は堪《たま》らず、床に片膝をついた。
「両者、痛みわけ」
行司役は叫んだが、蔵人介のみたてはちがう。
裏籠手のほうが有効な一打であった。
真剣ならば、英次郎の木刀が触れる寸前、籠手は断たれていたにちがいない。
かたわらに座る伊賀者の木暮も、ふうっと静かに息を吐いている。
おそらく、蔵人介と同様のみたてなのだろう。
英次郎本人もそれがわかっているのか、屈辱《くつじょく》で顔を茹《ゆ》で海老のように染めている。

家斉は「茶番《ちゃばん》じゃ」と言いすて、憮然《ぶぜん》とした顔で白書院から去っていく。

痛みわけの結末が気に食わなかったようだ。

ひとり残された家慶は戸惑いの色を隠せず、傅役《もりやく》の老臣に助けを求めた。

傅役は西ノ丸留守居《るすい》の大迫石見守氏勝《おおさこいわみのかみうじかつ》だ。

家禄三千石の大身《たいしん》旗本で、好々爺《こうこうや》のような皺顔をしている。

その石見守が、ことばを発さずに喋った。

無礼にも、家慶に唇を読ませたのだ。

「一同大義《いちどうたいぎ》であった」

家慶は言いはなつ。

たったそれだけの挨拶すらできぬのか。

見掛け以上に暗愚な器《うつわ》かもしれぬと、蔵人介はおもった。

家慶が去るのに合わせ、身分の高い順から席を立った。

四半刻《しはんとき》ほども衣擦《きぬず》れの音がつづいたであろうか。

明神は痛めた肩を庇《かば》う仕種《しぐさ》もみせず、じっと広縁に座っている。

やがて、裏籠手をきめられた柳生英次郎も居なくなったころ、白洲《しらす》に夕陽が射しこんできた。

広縁下の白洲一帯が臙脂《えんじ》色に変わり、金箔《きんぱく》に彩られた上段之間北面と東面の壁は炉のなかで炎を放っているかのようだ。帝鑑之間に描かれた古代中国の皇帝や賢人たちも、紅蓮《ぐれん》に燃える炎のなかで酒盃をあげている。

やがて、白書院は濃い影に覆われていった。

柳生に勝った強者への敬意からか、明神小五郎が差配《さはい》役に促されて引き口へ退出するまで、蔵人介はただひとり敷居の際に座りつづけた。

二

十日ほど経って、明神小五郎が行方知れずになったことを知った。

上覧試合の直後からだという。

わざわざ家まで教えにきてくれたのは、義弟の綾辻市之進《あやつじいちのしん》だった。

幸恵と年子の弟は、飯田町《いいだまち》の俎河岸《まないたがし》にある綾辻家の当主となっている。

綾辻家は何代もつづく徒目付《かちめつけ》の家柄、姉弟は曲がった道も四角に歩くようにと躾《しつ》けられてきた。

市之進は目鼻口と顔のつくりがどれも大きく、若いころは美人だったと評判の姉とは似ても似つかない。以前は用事もないのにちょくちょく訪れていたが、錦《にしき》という気立ての良い娘を娶《めと》ってからは、頻繁には顔をみせなくなった。

「義兄上《あにうえ》が武芸上覧に列席なされたと聞きましたもので」

明神のことを報《しら》せにきたらしい。

「おぬし、明神小五郎と関わりがあるのか」

市之進の海苔《のり》を貼ったような太い眉をみつめ、蔵人介は首をかしげた。

「明神さまには、ひとかたならぬ恩義がござります」

市之進本人ではなく、妻の錦が世話になったという。

錦はかつて市之進の上役だった目付の娘であった。ところが、父は悪人どもから横領の濡《ぬ》れ衣《ぎぬ》を着せられ、みずからの潔白を証明するために腹を切った。そのせいで家も断絶《だんぜつ》の憂き目をみたものの、市之進は生来の俠気《きょうき》から嫁入りを拒む錦を説得して綾辻家に迎えいれた。

姉の幸恵は縁者《えんじゃ》のひとりとして誇らしげに思い、志乃は「それでこそ武士、市之進どのは一家の誉《ほま》れ」と褒《ほ》めたたえ、周囲をそんなものかと納得させた。

右の経緯もあって、市之進は志乃に頭があがらない。

「義父がまだ存命のころ、明神さまはよく御屋敷へ訪ねてこられたそうです」

役目のうえでの繋《つな》がりもあったが、それ以上に親密な間柄だったらしい。

「よほど馬が合ったのでござりましょう。錦も明神さまには妹のように可愛がってもらい、義父が腹を切ったあとも、ひとりだけ遺族のもとへ通いつづけてくれたのだとか」

「なるほど、夫のおぬしとしては捨ておけぬわけだな」

「今宵、八丁堀のご自宅で陰通夜《かげつや》がおこなわれます」

「陰通夜」

「はい。明神さまは十日も黙って家を空けるようなお方ではない。おそらく、凶《きょう》事《じ》に巻きこまれて命を落とされたのだろうと、縁者たちは都合良く考えておるようで」

「死んだことにして面目《めんぼく》を保つ気だな」

「残念ながら、そのようでござる」

市之進が唇《くち》もとを噛んだところへ、幸恵が茶を淹《い》れてきた。

弟の来訪が嬉しくてたまらず、すぐには退出しない。

「所帯を持って何やら、凛々《りり》しゅうなられたな。ほほ、気のせいでしょうか」

「姉上、からかうのはおやめくだされ」

「ほほ、みたままを申したまでじゃ。錦どのは息災《そくさい》であられますか」

「正月以来、顔もみせずにすみません」

「よいのですよ。今はだいじな時期ゆえな」

「げっ、姉上」

と言ったきり、市之進は真っ赤になる。

蔵人介は、はっと気づいた。

「おや、そうであったか。ほっ、めでたい。幸恵、茶では祝えぬぞ」

「はい、ただいま」

錦はどうやら、懐妊《かいにん》していたらしい。

「じつは、そのことも義兄上にお伝えしようと」

「何だそうであったか。まっさきに言わぬか」

「は、すみません」

「あいかわらず、おぬしは謝ってばかりだな。ふふ、まあよい。愛妻のもとへ飛んで帰らずともよいのか」

「何を仰《おつしや》いますやら」

「そうか、ならば、ゆっくりしてまいれ。たまには男同士で酒を酌《く》みかわそうではないか」

「義兄上《あにうえ》らしからぬおことばでござる。されど、そうもしておられませぬ」

「陰通夜か」

「ごいっしょしていただけませぬか」

「無論だ」

蔵人介は、柳生家当主と闘った明神小五郎の太刀行《たちゆき》をおもいだしていた。

凶事に巻きこまれたにしても、あれだけの剣客《けんかく》が容易《たやす》く討たれるわけはない。

「かならずや、どこかで生きておられる。そう、拙者は信じております」

市之進の言うとおりだが、生きているとすれば、どこで何をしているのか。

そして、失踪《しっそう》した理由は何なのか。

気にならないと言えば嘘になる。

幸恵が襖《ふすま》を開け、酒と肴《さかな》を運んできた。

さらに一度奥へ引っこみ、福寿草《ふくじゅそう》の鉢を抱えてくる。

ふくよかに開いた黄金の花が、命の息吹《いぶき》を感じさせた。

「お義母《かあ》さまから、これを錦どのにお持ちいただくようにと」

「まことにございますか」

「ええ。こうして寄り添う福寿草のように、楽しげな家庭を築いてほしいと仰って」

「それはありがたい。錦もきっと喜びます」

涙もろい市之進は、ぐすっと洟水《はなみず》を啜る。

「さ、一献《いっこん》差しあげましょう」

四角い顔の弟は姉の酌で盃を干し、良い加減に頰を染めた。

三

行方知れずになった者を死んだことにして弔《とむら》う陰通夜は、武家でもめずらしいことではない。

さすがに十日というのは短すぎる気もするが、十手《じって》を与《あずか》る町奉行所与力という重責を考慮すれば、あり得ないはなしではなかった。

何よりも、行方知れずのままでは役目に支障が出てくる。

明神は罪人を詮議《せんぎ》する吟味方《ぎんみかた》与力だったので、北町奉行の大草安房守《おおくさあわのかみ》からも、父を弔って一刻も早く子に後を継がせよとの配慮があったようだ。

町奉行所の与力同心《どうしん》は建前上、一代かぎりの抱席《かかえせき》になってはいるものの、親の七光りで役に就く者がほとんどだった。家柄や内情を知っているほうが上役も楽なので、そうした慣行はつづいている。

明神家も三代つづいた与力の家柄だけに、その子は当然のごとく同じ役を継ぐものと考えられていた。

「一子大二郎《だいじろう》は十九になりました」

と、市之進からは聞いている。

親に似て頑健《がんけん》な体格をしており、剣の力量もなかなかのものらしい。

八丁堀にある町奉行所与力の屋敷は、南茅場町《みなみかやばちょう》寄りの薬師堂《やくしどう》を取りまく周辺に固まっている。

薬師堂を面前にして露地《ろじ》を曲がると、白張提灯《しらはりぢょうちん》がいくつも灯っている家があった。

同心長屋に毛が生えただけの平屋だが、冠木門をくぐってみると、多くの弔問客が訪れていた。

ほとんどは小銀杏髷《こいちょうまげ》の不浄役人たちで、近所の町人たちも多く見受けられる。それだけでも、みなに慕われた明神の人柄が偲《しの》ばれた。

蔵人介は履き物を脱ぎ、市之進とともに抹香《まっこう》臭い部屋にあがった。

入口のところには、喪主の妻女が座っている。

「つたさまにござります」

と、後ろから市之進に囁かれた。

そばに近づき、名乗るだけの挨拶を済ませる。

つたは目を赤く腫《は》らしていたが、それは夫の死を悲しんでいるからではなく、陰通夜をもって一縷《いちる》の希望を断ちきらねばならぬことへの口惜しさがそうさせているのではないかとおもわれた。

憔悴《しょうすい》しきった妻女にくらべて、脇に控える一子大二郎のほうは落ちつきのない様子でいる。

すでに見習い与力として、町奉行所に出仕《しゅっし》していた。もしかしたら、出入りする知りあいの多さに面食らっているのかもしれない。お辞儀を繰りかえす恰好《かっこう》は米搗《つ》き飛蝗《ばった》を連想させたが、ときおり放つ鋭い眼光の奥には秘めた事情が隠されているような気もする。

それにしても、遺体のない部屋で焼香《しょうこう》するのは不思議な気分だ。

焼香台の脇に飾られた季節外れの菊も、どことなく所在なげにみえる。

市之進が帰りの挨拶で錦の言づてを伝えると、妻女のつたは堪《たま》らず、嗚咽《おえつ》を漏らしはじめた。

「つたさま、どうかお泣きにならないでほしい。拙者《せっしゃ》はあきらめておりませぬゆえな」

市之進はこの場で言ってはならないことを口走る。

「明神さまは、きっとどこかで生きておられます。かならずや、拙者が捜しだしてみせましょう」

弔問客が眉をひそめるような台詞《せりふ》を吐き、不肖の義弟は我に返って口を噤《つぐ》む。

つたは膝で躙《にじ》りより、市之進の両手を強く握りしめた。

「どうか、どうか……」

そのさきのことばが出てこない。

夫を捜してほしいなどと、そんなことは頼むべき筋ではないと、つたはちゃんとわきまえているのだ。

が、頭ではわかっていても、胸の裡《うち》は隠せない。

陰通夜をやらされた理不尽さに憤りすら感じており、夫との決別を受けいれようとする自分がほんとうは許せないようだった。

「何も仰いますな。ご妻女のお気持ちは、わかっておるつもりでござる」

市之進はみずからも逡巡《しゅんじゅん》を振りはらうように、しっかりとうなずいてみせる。

その肩を、蔵人介は後ろから軽く叩いた。

「まいろう、市之進」

明神小五郎を捜すつもりなら、ひと肌脱ぐのも吝《やぶさ》かではない。

世話焼きな義弟のおもいを無にしたくないと、蔵人介はおもった。

陰通夜からの帰り道は寒風に吹かれ、提灯を持つ手が震えた。

「火鉢を抱えて歩きたいほどだな」

「まことに」

立春《りっしゅん》とはいえ、春はまだ遠い。

ふたりで襟を寄せながら歩いていると、辻のほうから怪しい人影が壁伝いに近づいてくる。

「……も、もし」

かぼそい声を掛けてきた。

「……お、鬼役の……や、矢背さまでは」

青息吐息《あおいきといき》で発し、血のかたまりを吐く。

柔術の心得がある市之進が素早く近づいた。

その場にくずおれた男を抱きとめ、怪我の程度を調べる。

「義兄上、股間を串刺しにされております」

股間を狙うとは、介者剣術か。

男は町人髷を結《ゆ》ってはいるものの、あきらかに侍だった。

市之進に肩を抱えられ、苦しげに喘《あえ》いでいる。

傷口を確かめるまでもなく、手のほどこしようはない。

男は最後の力を振りしぼり、真っ青な顔を向けてきた。

「……こ、これを」

血塗《ちまみ》れの手で差しだすのは、巻紙《まきがみ》であった。

「……れ、連判状《れんぱんじょう》にござる……こ、これを……え……さまに」

「何だと。聞こえぬぞ。誰に渡したいのだ」

「……え、えち」

と言ったきり、男はこときれた。

市之進は溜息を吐き、開いた瞼《まぶた》を閉じてやる。

蔵人介は手渡された連判状を開くかどうか迷った。

とりあえず、懐中《かいちゅう》に仕舞いこむ。

「義兄上、この御仁《ごじん》は」

「隠密であろうな」

「どなたの配下なのか、肝心なことがわかりませぬ」

「えちと言った」

「拙者も聞きました。えちとは官名でしょうか」

「さしずめ、頭に浮かぶのは越前守《えちぜんのかみ》」

「水野越前守さま。ご老中でござるか」

「わからぬ。軽々《けいけい》には判断できまい」

「どういたしましょう」

「どうもこうもない。おぬしも目付の端くれなら、自分の頭で考えよ」

「は」

市之進を叱りつけておきながら、さきほどの連判状を開いてみる。

――利を求めず義を重んずべし　民百姓の困窮を顧みぬ奸臣豪商を誅すべし
と、冒頭にあった。

「檄文《げきぶん》だ。侍の名がずらりと並んでおるぞ。あっ」

「どうなされた」

「これをみろ」

市之進は蔵人介が指差した名に目を止める。

「げっ、明神小五郎」

「血判《けっぱん》まである」

「義兄上、いったい何の連判状でござりましょう」

「それがわかれば苦労せぬわ」

「檄文の文言から推《お》すに、謀反《むほん》のにおいがいたします」

「阿呆、謀反などと軽々《かるがる》しく口にいたすでない」

「は。それにしても、明神さまの名がどうしてここに。ひょっとして、行方知れずになったことと関わりがあるのかも」

「しっ」

蔵人介は背後に、何者かの気配を察した。

隠密らしき男から連判状を託されて以来、何者かの気配にまとわりつかれている。気のせいにすぎぬとみずからを落ちつかせても、暗がりや物陰はなるべく避けて通る癖がついた。

四

こちらの素姓《すじょう》を知っていた隠密の正体は判然としない。

市之進は役目の合間を縫い、ひとりで明神の行方を追ってはいるものの、いまだ端緒《たんしょ》すら摑めていないようだ。

手許にあった旗本武鑑《ぶかん》で連判状に記された姓名を調べても、明神小五郎もふくめて載っている姓名はみつけられなかった。ただし、太い字で筆頭に書かれていた「大塩平八郎《おおしおへいはちろう》」という名だけは聞きおぼえがあった。

「はて、どこで耳にしたのか」

つらつらと考えながら尾張屋敷のさきで左手に折れ、合羽坂《かっぱざか》から津守坂《つのかみざか》へ向かう。

美濃高須藩《みのたかす》の松平摂津守《まつだいらせっつのかみ》邸を訪ね、目黒不動《めぐろふどう》の滝と並んで有名な津守の滝を拝む。

そののち、瘤寺《こぶでら》と呼ばれる自証院《じしょういん》門前の坂を下りて甲州《こうしゅう》街道まで足を延ばし、街道沿いの太宗寺《たいそうじ》で閻魔《えんま》像に謁《えつ》してから、来た道を戻りはじめた。

いつもの散策路だが、今日は少し刻限が遅い。

陽光は大きく西にかたむき、暮れ六《む》つの鐘が鳴るところだ。

細道の前後に人影はなく、斜め前方に魔除《まよ》けの槐《えんじゅ》が植わっている。

そのあたりはちょうど、武家屋敷の鬼門《きもん》にあたっていた。鬼門を守るために槐を植えたのだ。

さきほどから、いくつもの殺気が蠢《うごめ》いている。

「おいでなすったか」

こうなる予感はあった。

意識したわけではないが、まとわりつくものの正体を見極めるべく誘った恰好になった。

黒頭巾の侍が槐の木陰から抜けだしてくる。

背後からも三人、跫音《あしおと》を忍ばせて近づいてきた。

忍びか。

身のこなしから予想できた。

首領《しゅりょう》格の黒頭巾が足を止め、くぐもった声を漏らす。

「鬼役どの、竹本左内《たけもとさない》から預かった連判状をお渡し願おう」

蔵人介は風体《ふうてい》と声から、相手の正体を探った。

どこかで聞いたおぼえのある声だ。

「拒めば、お命を頂戴せねばならぬ」

「ほう。素直に渡せばお咎《とが》め無しというのか」

「いかにも。お味方とみなしましょう」

「おぬしは誰だ」

「ふふ、申しあげられませぬ」

「ならば、竹本左内とは」

「お察しのとおり、公儀《こうぎ》の隠密でござる。探索の途中で不覚にも敵の手に落ち申した」

「瀕死《ひんし》のところへ行きあわせたのが、わしというわけか」

「いかにも。竹本の連判状はわれらの手に渡るべきものにござる」

「それを信じるに足る証拠《あかし》は」

「ござらぬ」

「ふっ、はなしにならぬ」

想像するに、竹本左内は陰通夜の席で連判状を入手した。気づいた追っ手に討たれたものの、その場からはどうにか逃げのびたにちがいない。

「いかように邪推《じゃすい》していただいても結構。さあ、連判状を」

「渡せぬな。素姓も明かさぬ相手に渡してなるものか」

「幕命《ばくめい》にござるぞ」

「ならば、飼い主の名を吐け」

「名を吐くは死を賜《たまわ》るに同じ」

「それが草《くさ》の者の掟《おきて》か」

「何じゃと」

「おぬしらの正体がわかったやもしれぬ。御広敷《おひろしき》の伊賀者であろう」

「ぬはは、死にたいようじゃな」

「容易にはいかぬぞ」

「承知しておるわ。ただの毒味役でないことくらいはな。うぬが養子にはいった矢背家の根っ子は京洛北《きょうらくほく》の八瀬《やせ》にある。八瀬の民は代々鬼を奉《ほう》じ、御所の防《ふせぎ》となって暗躍してきたことも存じておるぞ。たとえば、織田信長《おだのぶなが》の命を狙ったことものう」

なるほど、伊賀の地はかつて織田信長の軍勢に蹂躪《じゅうりん》された。同じ相手に恨みを抱いた者同士、敵対は避けたい心理でもはたらいているのか。

「甘いな。忍びは仕える相手に応じて変転する。昨日の友は今日の敵というわけさ」

「長口上《ながこうじょう》はそれで仕舞いか」

「ふむ」

首領格は、すっと右手をあげた。

背後の三人が三方へ弾け、同時に襲いかかってくる。

蔵人介は動かない。

「死ねっ」

三本の刃が鈍《にぶ》く光り、ぐさっと胴に刺さる。

と、みえた瞬間、蔵人介の纏《まと》っていた黒橡《くろつるばみ》の羽織りが宙に舞った。

「ほれ、こっちだ」

うろたえた黒衣のひとりを、抜き際《ぎわ》の一刀で斬りすてる。

すかさず突きを繰りだしてきた二人目の首根を裂き、飛びはねた三人目は内腿《うちもも》の太い脈を断った。

首領格の男は血溜《ちだ》まりでもがく三人目のすがたを冷たく眺め、懐中に右手を入れる。

黒い火薬玉を取りだし、足許に投げつけた。

――どん。

破裂音とともに、濛々《もうもう》と黒煙が立ちのぼる。

蔵人介は袖で咄嗟に顔を隠したが、黒煙がおさまったときには男の影も消えていた。

とりあえず難事は逃れたものの、まとわりつくような気配だけは消えることがなかった。

五

三人の忍びを斬った痛みに震えながら、瘤寺の門前まで戻ってきた。

すでに日は落ち、冷気が足許にからみついてくる。

「もし、お武家さま」

呼びかける声に振りむけば、大きな葛籠《つづら》を担いだ行商人が立っていた。

小太りで色白の男だ。

愛想《あいそ》笑いを浮かべ、狭い歩幅で近づいてくる。

「納戸町いうんは、このさきでおますか」

上方《かみがた》ことばで道を尋ねてきた。

蔵人介は油断《ゆだん》無く身構え、ひとことも応じない。

「どないしはりましたんや。わては大坂《おおさか》の油《あぶら》売《う》りでっせ」

「油売りか」

「とろおり、とろおり、蝦蟇《がま》の油をお売りしますのんや。わて、道《ど》修《しょう》町《まち》の万治《まんじ》言いますねん」

万治の眸子《まなこ》が怪しく光ったのを、蔵人介は見逃さない。

「おぬし、ただの油売りではあるまい」

「ぬひょひょ、ようおわかりで。さすが、鬼役の矢背さまであらはる」

「何者だ、おぬし」

「道修町の万治でおます」

「戯《ざ》れておるのか」

「いいえ。さきほど襲うてきた連中、正体をお教えしまひょか。ぬひょひょ、跡部《あとべ》山城守《やましろのかみ》の命を帯びた江戸の伊賀者でおます」

「跡部山城守とは大坂町奉行のことか」

「東町《ひがしまち》奉行でおます。水野越前守さまのご実弟でっしゃろ」

「ふむ、そうであったな」

水野家から旗本の跡部家に養子入りした跡部山城守良弼《よしすけ》は、以前から鼻持ちならない人物と噂されている。昨年四月、堺《さかい》奉行を経て大坂東町奉行となっていた。伊賀者を手足のように使えるとすれば、実兄の威光《いこう》によるものとしか考えられない。

「兄弟揃って出世街道を驀進《ばくしん》しとるちゅうわけでんな」

「なにゆえ、大坂の町奉行が江戸の忍びを使うのだ」

「江戸の動きを知りたいからでっしゃろ」

「忍びの仲間とおぼしき隠密を殺《や》ったのは、おぬしか」

「まさか。わては股間なぞよう刺しまへんがな」

「されば、誰が殺った」

蔵人介は問いつつも、卜傳流を修めた明神小五郎の太刀行を浮かべていた。

万治は薄く笑う。

「はあて。そこからさきをお知りになりたいなら、わてに従《つ》いてきなはれ」

胡散《うさん》臭い男だが、従いていくしかあるまい。

瘤寺からほど近い四谷大木戸《よつやおおきど》跡には玉川上水《たまがわじょうすい》の改め場があり、南に向かって渋谷川《しぶやがわ》が流れている。

万治は小舟を仕立て、暗い川面《かわも》を下っていかせた。

増上寺《ぞうじょうじ》のさきから海に飛びだし、大川の河口まで遡《さかのぼ》る。

たどりついたさきは、深川《ふかがわ》の佐賀町《さがちょう》だった。

大川端《おおかわばた》に面して油問屋が軒を並べており、そのなかに『春木屋《はるきや》』という中堅どころの店がある。

「さあ、着きましたで」

露地裏は暗く、一寸先もみえないほどだ。

あまりに静かで、油堀《あぶらぼり》の汀《みぎわ》に水がぶつかって弾ける音にさえ驚かされる。

——ちゃぽん。

裏手には枯れ木が何本も、骨のように佇《たたず》んでいた。

暗がりに浮かびあがっているのは古井戸であろう。

万治は勝手口の前に立つなり、扉をそっと敲《たた》いた。

内に人の気配があり、低声《こごえ》で「山」と問うてくる。

万治は笑いながら「川」と応じた。

ぎっと扉は開いたが、誰も顔を出さない。

万治に顎をしゃくられ、蔵人介はさきに敷居《しきい》をまたいだ。

「とあっ」

扉の陰から、木刀が振りおろされてくる。

これを易々と躱《かわ》し、相手の鳩尾に拳骨《げんこつ》を埋めこんだ。

「ぬぐっ」

人影が蹲《うずくま》ると同時に、ぱっと灯りが点いた。

灯りのまわりには、数人の侍が立っている。

「くく、さすが三人の忍びを瞬時に葬っただけのことはある」

声の主を見定め、蔵人介は眉をひそめた。

「おぬし、明神小五郎か」

「さよう。貴殿が矢背蔵人介どのであることは先刻承知しておる。白書院広縁の栈際にも座っておられたな。布衣以下の御膳奉行にもかかわらず、武芸上覧に列席できるとなれば役割はひとつ、家斉公に万が一のことがあったときの防《ふせぎ》にござろう」

「おぬしはあのとき、上様に昂然《こうぜん》と抗った。ただし、上様が白書院の広縁を血で穢《けが》さぬと踏んだうえでな」

「ふふ、よう見破られた」

「おぬしと上様のやりとりをご覧になり、柳生の殿さまは萎縮《いしゅく》なされた。おぬしは相対するまえから優位に立ち、わずかの差で裏籠手を決めた。わからぬのは、そうまでして勝たねばならぬ理由だ。純粋に剣を志す者ならば、あのように姑息《こそく》な手は使うまい」

明神は薄く笑い、じっと睨みつけてくる。

「理由を教えて進ぜよう。わが名を売らねばならぬからよ」

「名を売るだと」

「さよう。名を売るため、目見得《めみえ》以下の不浄役人であるにもかかわらず、勝ち抜きの申しあいに参じた。とあるご重臣に目を掛けてもろうてな、本来は踏むことも許されぬ白書院の広縁にあがる機会を得られた。しかも、対する相手は江戸柳生の大将。勝てば江戸表はおろか、全国津々浦々にわが名が轟く。そうなれば、志《こころざし》のなかばは達せられたも同然。潔く死ぬる覚悟もできようというもの」

「志とは何だ」

唾《つば》を飛ばす蔵人介から目を離し、明神は遠くをみつめるような仕種《しぐさ》をする。

「わしは今の世を深く憂《うれ》えておる。何千何万という民百姓が飢え死にしておるというのに、江戸や大坂では小賢《こざか》しい商人どもが米の買い占めに走り、商人どもから賄賂を貰った役人どもは悪事を黙認している。そればかりか、大坂東町奉行の跡部山城のごとく、ただでさえ品薄の米を江戸へせっせと廻米《かいまい》している不届き者もおる。みずからの地位を保つべく幕府に良い顔をして、足許の仕置きには無為無策のありさまだ。心ある配下の諫言《かんげん》にはいっさい耳を貸さず、老中の実弟であることを盾にとって政事《まつりごと》を牛耳《ぎゆうじ》っておるのだ。そうした大坂の惨状は、家斉公のお耳に届けられることもない。無論、老中の水野越前が側近どもを抱きこんでおるからさ。もっとも、世の惨状を知ったところで、あの家斉公が重い腰をあげるかどうかはわからぬ。たぶん、われらが行動でしめさなければ、おわかりにはなられまい」

「行動とは何だ」

「ぬはは、それを聞いたら、鬼役どのにも賛同してもらわねばならぬ」

「これに血判を捺《お》せとでも」

蔵人介は懐中から、連判状を取りだした。

明神とその取りまきが身を乗りだす。

「それよ。貴殿《きでん》はわれらの危機を救ってくれた。連判状が敵方に渡っていたら、すべては水の泡《あわ》になっていたところだ」

「ゆえに、生かして仲間に誘いこもうというわけか」

明神はふっと表情を弛《ゆる》め、首を横に振った。

「無理強《むりじ》いはせぬ」

「ほう」

「御前試合の際、おぬしの隣に伊賀者がおったであろう」

「名はたしか、木暮半兵衛」

「さよう。あの木暮こそが跡部山城の飼い犬、おぬしを襲った張本人よ。水野越前とも通じておる。ただし、そこは小賢しい越前のこと、関わりのないように繕《つくろ》っておるようだがな。ともあれ、貴殿は木暮の配下を斬り、あやつらを敵にまわした。敵の敵は味方ということさ」

蔵人介は納得できない。

「陰通夜で妻女が嘆いておられたぞ」

「わかっておる。されど、大義をまえにすれば小さきこと。貴殿もご存じのとおり、侍は死に場所を求める。拙者は良き死に場所を得たとおもうておる」

町奉行所の与力が公儀に牙を剝くことなど、江戸幕府開闢《かいびゃく》以来、一度たりとも勃《お》こった例《ためし》がない。

「暴挙《ぼうきょ》かもしれぬな」

と、明神は不敵に笑う。

もし決行されれば、幕府の根底を揺るがす一大事となるのは必至だった。

「幕府の役人どもは驚愕し、市井《しせい》の民は刮目《かつもく》いたすであろう。何と言うても、家斉公への痛烈な諫言となる」

狙いはわからぬでもないが、やはり、蔵人介には暴挙としかおもえない。

「矢背どの、われらの心情をわかっていただけたかな」

「心情はわかっても、賛同できぬこともある。今宵のはなしは聞かなかったことにしておこう」

「貴殿のことばを信用せよと」

「信じる信じないは、そっちの勝手だ。そもそも、わしは徒党を組むことが嫌いでな」

「仲間にはならぬというわけだな」

途端に、大勢の殺気が膨らんだ。

多勢に無勢で、しかも相手には手練れの明神がいる。

狭い暗がりでやりあえば、どちらも無事ではいられまい。

重い沈黙が流れるなか、明神が笑みを漏らした。

「ふっ、こうなることは予想できた。矢背どの、貴殿を信じよう」

殺気がすうっと萎《しぼ》んでいく。

「連判状は返しておく。おぬしが討ち損じた隠密から預かったものだ」

蔵人介の差しだした連判状を、明神は神妙な面《おも》持ちで受けとった。

そのとき、ふと、蔵人介は「大塩平八郎」のことをおもいだした。

大坂の町奉行所にそのひとありと評された元与力だ。数年前、悪事に手を染めていた同僚の与力を告発し、市井の人々から拍手喝采《はくしゅかっさい》を浴びた。一方、腐敗しきった町奉行所の役人たちからは憎しみの目を向けられた人物にほかならない。

――大塩平八郎。

という名が、頭のなかを旋回しはじめる。

敵対する跡部山城守が大坂町奉行であることを考慮すれば、明神たちは江戸と大坂で同時に蜂起《ほうき》する腹なのかもしれない。

将軍の膝元が激震する予感を抱きつつ、蔵人介は『春木屋』から逃れた。

六

連判状を手放すのと同時に、まとわりつくような気配は消えた。

正月も二十日を過ぎると雪は雨に変わり、根岸《ねぎし》の里では咲きほころんだ梅の木から鶯《うぐいす》の初音《はつね》が聞こえてくるようになった。

梅見のついでに亀戸天神《かめいどてんじん》まで足を延ばせば、鷽替《うそかえ》の神事にくわわることもできる。

丹《に》や緑青《ろくしょう》で色づけした木彫りの鷽《うそ》を境内で買い、見知らぬ者同士で輪になって「替えましょ、替えましょ」と唄いながら鷽を交換しあう。太宰府天満宮《だざいふてんまんぐう》にならった神事で、昨年の凶を嘘にして今年の吉《きち》に変えてもらうのだという。

鷽替は二十年近くまえに大坂天満宮で大流行し、翌年には江戸へもたらされた。酒などの下《くだ》りものも、神事や習俗の流行も、多くは西からやってくる。大坂と江戸は離れているようでいて存外に近い。

義弟の市之進も、大塩平八郎のことは知っていた。

蔵人介は詳しいはなしを聞こうと、神楽坂《かぐらざか》の『まんさく』に誘ってやった。

ほろ苦い蕗《ふき》の薹《とう》を肴に、ふたりは下りものの諸白《もろはく》を舐めている。

「お味噌に、ちょっと珍しいものを漬けてみました」

おようが自信ありげに微笑み、平皿を差しだした。

「お豆腐ですよ」

よく水切りした木綿《もめん》豆腐を薄布で包み、布のうえから煮立てた酒と合わせて溶いた味噌を塗りつけ、寒風に晒《さら》しながらひと晩漬ける。

「お味噌とお酒は耳朶《みみたぶ》ほどのかたさに溶きましてね、漬けるのが長いほど辛くなるのですよ。さ、どうぞ。召しあがってみて」

孫兵衛がほどよい大きさに切った豆腐を箸で割り、蔵人介はおように言われるがままに口のなかへ抛《ほう》りこむ。

「ん、これは」

「いかがです」

「辛くて美味い」

「お酒の肴にぴったりでしょう」

およう は嬉しそうに諸白を注いでくれ、孫兵衛の仕込みを覗きにいった。

市之進も味噌漬け豆腐を舌に置いた途端、満面の笑みをつくってみせる。

「義兄上、『まんさく』に来るといつも驚かされますな。この豆腐など、御膳所《ごぜんしょ》の献立にくわえれば、上様もさぞかしお喜びになられましょう」

役目のことをおもいだすと、箸を措《お》きたくなる。

市之進は敏感に察し、するりとはなしをかえた。

「大塩さまのことでござりますが、少し調べてみました」

大坂天満《てんま》生まれで齢四十五、実家は大坂町奉行所与力を代々つとめ、平八郎は初代から数えて八代目にあたるという。

与力のころは不正をつぎつぎと曝《あば》き、西町奉行所与力の弓削新左衛門《ゆげしんざえもん》が関わっていた不正を曝いて表沙汰にした。さらに、京都町奉行所とも手を組んで切支丹《きりしたん》の摘発にあたり、破戒僧の捕縛などでも辣腕《らつわん》を発揮し、市井より絶大な支持を得た。大塩の活躍を契機に、腐敗役人の糾弾は京都や奈良や堺の各町奉行所にも広がり、上方一帯の腐敗は一掃されたとも評されている。

「七年前にお役目を辞し、今はご自邸に開いた私塾の洗心洞《せんしんどう》で子弟たちに陽明学《ようめいがく》を教えておられるとか」

性分《しょうぶん》は厳格そのもの、佐分利流《さぶりりゅう》の槍術家《そうじゅつか》でもある。

「夕刻には就寝され、丑《うし》ノ刻には起床して星を観測し、日の出前から講義をはじめるのだそうです。理不尽きわまりない世の中に腹を立て、硬い魚の頭を歯で噛みくだいてしまわれたとか、そうした武勇伝は枚挙《まいきょ》にいとまがございませぬ」

「ずいぶん詳しいな。さようなはなし、誰に聞いた」

「岡本花亭《おかもとかてい》さまにございます」

蔵人介は盃をあげた手を止め、おやという顔をする。

「おぬし、岡本花亭さまを知っておるのか」

「はい。父の囲碁仲間にございますので」

岡本花亭は元勘定方《かんじょうかた》の幕臣《ばくしん》だ。朝鮮通信使聘礼《ちょうせんつうしんしへいれい》にも参じ、その才人ぶりは遠く清国《しんこく》にまで轟いている。以前の老中であった水野忠成《みずのただあきら》に貨幣改鋳《かへいかいちゅう》の諫言をおこなったために小普請《こぶしん》入りを余儀《よぎ》なくされ、齢七十一となった今は隠棲《いんせい》に近い暮らしをつづけていると聞いていた。

面識《めんしき》はなくとも、岡本花亭の名を知らぬ幕臣はいない。

「今から四年前、大塩さまから『洗心洞箚記《さつき》』なる著書を贈られて以来、文《ふみ》をやりとりする仲だとか。岡本さまは御勘定奉行の矢部駿河守《やべするがのかみ》さまとも懇意《こんい》であらせられ、大塩さまの逸話《いつわ》は矢部さまからお聞きしたものだと仰いました」

「矢部さまか」

矢部駿河守定謙《さだのり》は、大坂西町奉行のころにおこなった善政によって勘定奉行に昇進した。大坂にいたときの良き相談役が大塩平八郎にほかならず、矢部は大塩の献策によって窮状《きゆうじよう》を乗りきったとまで周囲に漏らしているらしかった。

もっとも、大塩のことを買っているのは、岡本や矢部だけではない。

西ノ丸老中で遠江《とおとうみのくに》国掛川《かけがわ》藩主の太田備後守資始《おおたびんごのかみすけもと》なども大坂城代《じようだい》のころに大塩と交流があり、その献策を高く評価しているという。

ところが、大坂東町奉行となった肝心の跡部山城守は、大塩を冷遇しつづけた。蔵米《くらまい》を民に与えることや豪商に買い占めを止めさせることなどの献策に耳を貸さぬどころか、江戸表に米の廻送を命じているのだ。

「岡本さまによれば、大坂もひどいが、京都の惨状は目を覆うばかりだそうです。なにせ、米一升《しよう》が二百五十文《もん》ですからな」

米価が通常の三倍以上に高騰している原因は、大坂からまったく米が届かないためだった。跡部が大坂周辺への廻米を禁じているせいで、京都では一日に百人近くの餓死者が出ているというのだ。

「大坂町奉行所の役人は、京から五升一斗《と》の米を買いにくる者さえも召し捕るのだそうです。いまや、京を棄《す》てた者たちが大坂にどっと流れこみ、市中の治安は悪化の一途をたどっているとか」

大塩はそうした惨状を憂えて、豪商の鴻池善右衛門《こうのいけぜんえもん》に「お救い小屋を建てるので自分と門人たちの禄米を担保に一万両貸してほしい」と頼んだ。ところが、善右衛門は跡部山城守に相談して断《ことわ》ったらしかった。

「大塩さまは蔵書などを処分して得た六百両余りを投じてまで、困窮した人々を救う努力をなされたものの、もはや万策《ばんさく》尽きたと嘆いておられるとも聞きました。岡本さまに送られた文からは、悪政にたいする大塩さまの名状《めいじょう》し難い憤りが感じられたそうです。岡本さまは案じておられました。大塩が奔《はし》らねばよいがと」

はなしが途切れたところへ、孫兵衛が濛々《もうもう》と湯気の立った軍鶏《しゃも》鍋を運んできた。

「ふほほ、これこれ」

大食漢の市之進は飢餓のはなしも忘れて、顔じゅうをほころばす。

しばらくは軍鶏肉にしゃぶりつくすがたを見物させられることになった。

すっかり腹も落ちつくと、市之進はおもいだしたように奉書紙《ほうしょがみ》を取りだす。

「じつは、例の連判状に記された姓名、一部を写させていただきました」

「みせたおぼえはないぞ」

「脇から覗いて、必死におぼえたのですよ」

市之進は自慢げに、奉書紙をみせてくれた。

大塩平八郎を筆頭に、嗣子格之助《かくのすけ》、瀬田済之助《せたせいのすけ》、大井正一郎《おおいしょういちろう》、竹上万太郎《たけがみまんたろう》、渡辺良左衛門《わたなべりようざえもん》、庄司義左衛門《しょうじぎざえもん》、近藤梶五郎《こんどうかじごろう》、平山助次郎《ひらやますけじろう》といった名が並ぶ。

「よくよく調べてみますと、瀬田どのは大坂東町奉行所与力、大井どのは大坂玉造口定番与力《たまつくりぐちじょうばん》の嫡男《ちゃくなん》にござりました。竹上以下は同じ東町奉行所の同心たちにござります」

「おぬし、それらすべての名を記憶して調べたのか」

「はい。旗本武鑑《はたもと》には載っておらぬ者たちばかりにござりますよ」

蔵人介は義弟の意外な特技に感心しつつ、連判状にはほかにも侍の名がずらりと並んでいたことをおもいだす。

「大坂方の後ろには、江戸町奉行所の役人たちの名が並んでいたのやもしれませぬ。役人だけではありませぬぞ。たしか、摂津国《せっつのくに》や河内国《かわちのくに》の名主《なぬし》や年寄《としより》らしき者たちも、肩書きとともに名を連ねておりました。みな、志の高い者たちにほかなりませぬ」

「志が高いなどと、安易に申すでない。おぬしも連判状に名を連ねる覚悟があるなら別だがな」

市之進は軽率な発言を恥じたのか、顔を茹で海老のように紅潮させた。

「申しわけございませぬ。されど、義兄上。どうすればよろしいのでしょう。徒目付である拙者の立場からすれば、この一件を看過《かんか》するわけにはまいりませぬ」

「これこれしかじかと、上役の御目付にでも訴えるか」

「それができぬゆえ、悩んでおるのでございます」

「忘れろ」

「えっ」

「連判状など、みなかったことにせよ」

市之進は口を尖《とが》らせ、赭《あか》ら顔《がお》を寄せてきた。

「されど、明神さまのことはどうすれば」

「明神小五郎は死んだ。陰通夜は本人も望んだこと。われらのごとき赤の他人が詮索することではない」

「それでは、ご妻女があまりに可哀想です」

「莫迦者《ばかもの》、真相を伝えたほうが可哀想だ」

「そうでしょうか」

悩ましいところだ。

蔵人介が押し黙ると、おようがすかさず仕上げの雑炊《ぞうすい》をつくってくれた。

七

庭に金縷梅《まんさく》の花は咲いても「豊年満作《ほうねんまんさく》」の便りは今年も来そうにない。

家人の留守をみはからったかのように、人影がひとつ忍んできた。

濡れ縁で足の爪を研ぎつつ顔をあげると、公人朝夕人《くにんちょうじゃくにん》の土田伝右衛門がいつもの皮肉めいた笑みを浮かべている。

「ふふ、招かれざる客にござる」

「やはり、来おったか」

「伊賀者を三人ばかり斬ってすてたらしいですな。橘さまが何をこそこそやっておるのかと、お怒りにござる」

「余計なお世話だ」

「そういうわけにはまいりませぬ。橘さまは、とあるご重臣からきつくお叱りを受けられました」

「水野越前守さまか」

「お察しがよろしいようで」

「ふん、水野さまもずいぶん変わられたものよ。以前は清廉潔白《せいれんけっぱく》さを売りにしておられたが、今は老中の座を守るのに腐心《ふしん》しておられる。身内を庇《かば》って政事をおざなりにし、上様の顔色ばかり窺《うかが》っておられるようにみえて仕方ない。立場が変われば人も変わるということだな」

伝右衛門は嘲笑した。

「冷静沈着《れいせいちんちゃく》な矢背さまのお言葉ともおもえませぬ」

「それで、何をしにまいった」

「ひとつご忠告をと」

「伊賀者のことか」

「それもござる。木暮半兵衛は優れた体術《たいじゅつ》の持ち主ゆえ、いかな鬼役どののとて容易にかなう相手ではござらぬ」

「いずれ対峙せねばならぬか」

「避けては通れますまい。役目のうえでのこととは申せ、配下の下忍《げにん》どもを失っておりますからな。鬼役どのに恨みを募らせておりましょう。なれど、忠告とは木暮半兵衛のことではござらぬ」

「ほう」

蔵人介は爪を研ぐ鑢《やすり》の手を止める。

伝右衛門は顔を寄せ、囁くように言った。

「万治なる油売りをご存じでござりますな」

「ん、上方ことばの油売りがどうかしたのか」

「あの者、西ノ丸の御目付であられる佐島十郎左衛門《さじまじゅうろうざえもん》さまの間者《かんじゃ》にござる」

「何だと」

「おそらく、明神小五郎も織りこみ済みのはず」

「どういうことだ」

「邪推の域を出ませぬが、佐島さまが明神小五郎を筆頭とする不穏《ふおん》な連中の尻を叩いているのやもしれませぬ」

蔵人介は、明神が何気なく発した台詞を反芻《はんすう》した。

――とあるご重臣に目を掛けてもろうてな、本来は踏むことも許されぬ白書院の広縁にあがる機会を得られた。

目を掛けてくれた重臣というのが、西ノ丸目付の佐島十郎左衛門だったのかもしれない。

「待て、謀反の企《くわだ》ては佐島さまの差しがねだと申すのか」

「はて、それはどうか。おそらく、明神たちは純粋に世の惨状を憂いておるのでござりましょう。されど、西ノ丸の御目付ともあろう佐島さまが同じ心情から謀反を焚《た》きつけているとはおもえませぬ。この企てには、かならず裏があるやに」

「裏とは」

「はて」

蔵人介は、伝右衛門を睨《にら》みつけた。

「おぬしはいったい、どこまで知っておるのだ」

「北町奉行所与力の明神小五郎が仲間を集め、謀反を企てている節《ふし》あり。これを察した水野越前守さま配下の隠密は謀反の証拠《あかし》となる連判状を入手したものの、連判状は何者かの手に渡って紛失せり。謀反の企ては江戸と大坂にて緊密な連携をもっておこなわれるやもしれず、大坂では大塩平八郎なる元町奉行所与力の動向が疑われる。明神小五郎が西ノ丸の御目付筋と通じておるのは定かなるも、御目付筋の意図は判然《はんぜん》とせず」

「ふうむ、そこまで調べておるとはな」

「ただし、水野さまはいまだ、不穏な企ての鍵を握る明神小五郎の姓名すらご存じありませぬ」

「早晩、橘さまの口から伝わるのであろうが」

「はて」

伝右衛門は首をかしげ、悪童のように微笑んでみせる。

「まさか、おぬし、橘さまに黙っておるつもりか」

「この一件、命じられておるわけではありませぬ」

意外な反応に、蔵人介は戸惑った。

尿筒《しとづつ》持ちとして不浄な役に携わる伝右衛門も、飢えた人々の惨状におもいを寄せているのだろうか。

弱い者だけが虐《しいた》げられる理不尽な世の中を憂え、蜂起するしかないと覚悟を決めた者たちの志に惹かれるものがあるのだろうか。

「西ノ丸の動きにお気をつけなされ」

伝右衛門の忠告は、明神たちに向けられたものでもある。

蔵人介は人の気配が消えた中庭を眺めるともなく眺めた。

雀《すずめ》よりもやや大きな嘴《くちばし》の丸い鳥が、金縷梅《まんさく》の花を突《つつ》きながら「ふぃっ、ふぉっ」と鳴いている。

「鷽《うそ》か」

頬を紅《あか》く染めた雄のようだった。

「心づくしの神さんが嘘をまことに替えさんす。ほんに鷽替えおお嬉し」

門の外から聞こえてくるのは、幸恵の声だ。

無謀な企てを煽《あお》る西ノ丸目付の狙いとは何なのか。

探るにはどうしたらよいのか、方策を練らねばなるまい。

鷽は金縷梅の枝から飛びたち、夕暮れの空へと消えていく。

それにしても、この江戸で蜂起するなどとは狂気の沙汰だ。

鷽替の神事にあやかって、すべてなかったことにできればよいのにと、蔵人介はおもった。

八

如月啓蟄《きさらぎけいちつ》。

――ごろっ。

虫起こしの雷が鳴っている。

公人朝夕人と対してから十日余りが経ち、すっかり梅も見頃の季節となった。

矢背家ではこの時期、志乃の音頭で亀戸の梅屋敷へおもむく。

寒さの残る北十間川《きたじっけんがわ》を舟で遡り、太鼓のかたちをした境橋《さかいばし》のたもとから陸にあがって園内にはいり、名木《めいぼく》の臥龍梅《がりょうばい》を愛《め》でてから園の主人が点《た》てた渋茶を啜り、土産《みやげ》の梅干しを携えて戻ってくるのだ。

恒例の遊山《ゆさん》には、義弟夫婦の市之進と錦も顔をみせた。

錦は顔もからだもふっくらした餅のようなおなごで、笑うと片頰にえくぼができる。

このえくぼに惚れたのだなと蔵人介は勝手におもったが、小姑《こじゅうと》の幸恵との相性は悪くなさそうだった。

市之進は錦に明神小五郎のことを隠しており、ふたりの様子がぎこちなく感じられる原因にもなっている。

蔵人介が油売りに化けた万治に導かれた夜以来、明神たちは佐賀町の油問屋から消えていた。用人の串部にも事情をはなして行方を捜させているのだが、新たな隠れ家はみつかっていない。

跡部山城守の飼い犬らしき木暮半兵衛も、あれからはずっと鳴りをひそめている。

公人朝夕人を介して橘右近から密命らしきものがもたらされることもなく、無為な日々が過ぎていた。

明神らの企てる蜂起の日取りが判然としないだけに、蔵人介の焦《あせ》りは募るばかりだ。

ただし、おぼろげにわかってきたこともあった。

西ノ丸目付、佐島十郎左衛門のことだ。

「佐島家は家禄一千石に満たぬ中堅旗本にござりましたが、十郎左衛門自身が土井《どい》家と関わりをもったことで出世の手蔓《てづる》を摑み、職禄一千石の御目付に抜擢されました」

得意気に説いてみせたのは、串部であった。

市之進の手に余るとみて、そちらの調べも任せたのだ。

蔵人介は梅見遊山から帰った夜、串部が隠れ家のように使っている芳町《よしちょう》の一膳《いちぜん》飯屋《めしや》まで足を延ばした。

見世《みせ》のなかはいつも常連客で埋まっているものの、込みいったはなしのときは、おふくという色白美人の女将が奥の小上がりを用意してくれる。

串部はおふくに惚れているにもかかわらず、嫌われたくないのでなかなか言いだせない。一方、おふくのほうも勘づいてはいるようだが、今のところは深入りしないように気をつけていた。

焦《じ》れったいふたりの仲も、今宵は酒の肴にする余裕がない。

早蕨《さわらび》の煮付《につ》けを肴に燗酒《かんざけ》を舐《な》め、串部のはなしに耳をかたむけた。

「土井さまとは、土井大炊頭《おおいのかみ》さまのことか」

「いかにもでござる」

土井大炊頭利位《としつら》は下総国《しもうさのくに》古河《こが》八万石の第四代藩主で、三年前から大坂城代に任じられている。天命を知る四十九歳になるところだが、この殿様を一躍有名にしたのは五年前に出版された『雪華図説《せっかずせつ》』なる私家本《しかぼん》であった。顕微鏡で観察した雪の結晶《けっしょう》を克明《こくめい》に描いてまとめたものだ。本に描かれた雪の結晶は「大炊模様」と呼ばれ、型紙の意匠《いしょう》に用いられて流行した。

市井の人々から「雪の殿様」と呼ばれて親しまれる利位のもとで、佐島十郎左衛門は頭角《とうかく》をあらわしたらしい。

「旗本にしては異例の大坂在勤が長く、一年前までは大坂城代のもとで相談役をつとめておりました。柴田勘兵衛《しばたかんべえ》と申す大坂玉造口の定番与力を武道の師と仰《あお》ぎ、佐分利流の槍術も修めております。じつは、柴田のもとで佐分利流槍術を修めた門人のなかに、大塩平八郎もおりました。もしかしたら、同門の縁《えん》で佐島十郎左衛門と大塩平八郎は繋がっていたのやもしれませぬ」

佐島は江戸に戻って卜傳流の道場にも通っており、そこで師範代をつとめていた明神小五郎と親しい間柄になったのではないかという。

佐島はまた、岡本花亭のもとで儒学《じゅがく》も学んでいる。

学問の素養もあり、一本気《いっぽんぎ》な明神を心酔《しんすい》させるのは容易だったにちがいない。

おそらく、佐島が大塩と明神を結びつけたのだ。

そして、江戸と大坂で町奉行所の役人が同時に謀反を勃《お》こすという前代未聞の企てを仕掛けようとしている。

「なぜだ。そんなことをして、佐島に何の益《えき》がある」

「じつはもうひとり、鍵を握っていそうな人物がおりましてな」

串部は佐島を調べている途中で、密会している相手のあることを突きとめた。

「西ノ丸留守居役の大迫石見守さまでござる」

家禄三千石の大身旗本だが、たいして重職には就いてこなかった。西ノ丸留守居にしても閑職だが、大迫には誰にもまねのできない特技があった。

読唇術《どくしんじゅつ》である。

真偽《しんぎ》は定かではないものの、そのことを信じて疑わない人物がひとりいた。

次期将軍として西ノ丸に控える家慶にほかならない。

家慶が大酒を喰《くら》っているとき、大迫のすがたは傅役《もりやく》としてかならずそばにあった。しかも、還暦《かんれき》を過ぎた老臣であるにもかかわらず、同じ分量だけの酒を呑み、けろりとしている。狷介《けんかい》な性分ゆえに重臣たちから疎遠《そえん》にされてきた家慶にとって、常のように影のごとく侍《はべ》る大迫は、今や、なくてはならない側近になりつつあった。

蔵人介は、大迫が檜相場《ひのきそうば》で私腹《しふく》を肥やしていた噂を耳にしている。

外見は穏やかそうな好々爺《こうこうや》にみえるが、化けの皮を剝がせば野心旺盛な策士なのではあるまいかと疑ってもいた。

その大迫石見守が佐島十郎左衛門の裏に控えているとすれば、謀反の企てにいっそう胡散《うさん》臭いものがつきまとってくる。

「ずばり、狙いは何でござりましょうな」

串部に問われ、蔵人介は自分でも驚くほどあっさりと発してみせた。

「家慶公のご意向かもしれぬ」

「えっ」

将軍家斉の在位は五十一年目、家慶は世嗣《せし》として西ノ丸に根が生えるほど居続け、ついに四十五歳になってしまった。実父家斉への恨みを募らせているのは確かで、それは常日頃の不遜《ふそん》な態度からもわかる。

追いつめられた家慶が一計を案じたのではないかと、蔵人介は勘ぐった。

幕府の屋台骨《やたいぼね》がぐらつくほどの謀反を仕掛け、家斉を名実ともに隠居へ追いこむ。

事が成れば、家慶は新将軍となり、西ノ丸で燻《くすぶ》っている側近たちも一躍日の目をみることになるだろう。

ゆえに、大迫も佐島もこのはなしに乗ったのだ。

家慶の心を摑んで三段跳びの出世を狙い、前代未聞の暴挙に出る覚悟を決めた。

志の高い不浄役人たちのやむにやまれぬ心情を利用し、かれらの尊い命と引換に暴挙を勃こさせようとしているのだ。

「飛躍しすぎであろうか」

自戒を込めて問うと、串部は首を横に振った。

「西ノ丸の権謀術策《けんぼうじゅつさく》。殿のご明察どおりにござりましょう」

だとすれば、何としてでも明神小五郎を捜しだし、無謀な蜂起をおもいとどまらせねばなるまい。

「ちょいと、おふたりさん」

いつになく深刻なふたりの様子を案じ、おふくが白魚《しらうお》と豆腐の小鍋《こなべ》仕立てを運んできてくれた。

旬の白魚は炒《い》り玉子と混ぜても美味い。

だが、仕上げは評判のだし巻き玉子ときまっている。

串部は口をはふはふさせながら、豆腐を食べはじめた。

蔵人介の脳裏には、陰通夜でみた明神小五郎の一子大二郎の顔が浮かんでいた。

九

蔵人介は翌日から市之進と入れ替わりで八丁堀の一角に隠れ、与力見習いとして北町奉行所に通う明神大二郎の動向を見張った。

大二郎が呉服橋《ごふくばし》御門からいつもとちがう帰路をとったのは初午《はつうま》の八《や》つ刻ごろ、市中の稲荷《いなり》明神から祭り太鼓の音色が賑やかに響いているときだった。

蔵人介は大二郎の背中を尾《つ》け、八丁堀の南茅場町から霊岸島へ抜けた。

さらに、永代橋を渡って深川に向かう。

「まちがいない」

予想どおり、大二郎は父親の隠れ家を知っている。

陰通夜でみせた落ちつきのない様子から、そうではないかと疑ったのだ。もしかしたら、隠密に連判状を盗まれる失態を晒したのも大二郎だったのかもしれない。そうであったとすれば、敵方も大二郎を張っている怖れがある。

蔵人介は背後に不穏な人影がありはしないか、気を配らねばならなかった。

大二郎は途中で菅笠《すげがさ》を求めてかぶり、油問屋が軒を並べる佐賀町の川沿いを足早に北進していった。

そして、上ノ橋の桟橋から小舟を仕立てる。

蔵人介も慌てて別の小舟を仕立て、気づかれぬように一定の間合いを隔てつつ、仙台堀《せんだいぼり》を滑りはじめた。

亀久橋《かめひさばし》を過ぎて木場《きば》へ着くころには夕陽も落ちかけ、堀川に煌めく水脈《みお》は深紅《しんく》に染まった。小舟は要橋《かなめばし》、崎川橋《さきかわばし》と通りすぎ、左右に芦《あし》の枯れ草が生えた広大な干《ひ》潟《がた》に向かっていった。

「十万坪《じゅうまんつぼ》か」

別名を隅田川干潟ともいう。

江戸市中の芥《あくた》を埋めたてて築いた湿地であった。

大二郎は古びた桟橋に小舟を寄せ、干潟の一角へ踏みこんでいく。

もはや、町奉行所に残る仲間との連絡役《つなぎ》をやっているのはあきらかだ。

蔵人介は船頭に指示して桟橋を通過させ、すぐさきの汀《みぎわ》から陸にあがった。

あたりは薄暗くなりかけている。

干潟の一角に、ぽつんと灯りが点いていた。

近づいてみるとそれは篝火《かがりび》で、荒《あば》ら屋《や》が一軒建っている。

おそらく、そこが明神たちの隠れ家なのだろう。

蔵人介はすぐに行動を起こさなかった。

蜂起する者たちの戦力を見定めようとおもったのだ。

裏手にまわって驚いたのは、筵《むしろ》に覆われたなかに「一貫目《かんめ》百匁《もんめ》砲」が隠されていたことだった。

蔵人介はかつて幕府の砲術演習を覗き、この青銅《せいどう》砲を目にしたことがあった。

砲身長は九尺《しゃく》五寸《すん》、筒の口径《こうけい》は三寸と少し、砲尾に空いた穴に点火して放つ焙烙玉《ほうろくだま》の重さは一貫目百匁におよぶ。

戦国期に南蛮《なんばん》からもたらされたこの砲は「仏狼機《フランキ》砲」とも称され、城の防備や攻略に絶大な威力を発揮した。敵対する島津《しまづ》軍に向けてはじめて使用した大友宗麟《おおともそうりん》は、この砲を「国崩《くにくずし》」と呼んだらしい。やがて、国内でも鋳造《ちゅうぞう》されるようになり、関《せき》ケ原《はら》の戦いや大坂の役などでも用いられた。

大きな焙烙玉も、そばにある。

おそらく、小屋には長筒も運びこまれているのだろう。

仏狼機砲の轟音《ごうおん》をもって、江戸市中を激震させる意図が透《す》けてみえる。

一刻ほど経って闇も濃くなったころ、何人かの人影が堀川のほうからやってきた。

そのなかに明神小五郎らしき人物をみつけ、蔵人介は喉に空唾《からつば》を落としこんだ。

人影は小屋のなかに消え、しばらくして、明神小五郎と大二郎だけが外へ出てきた。

父は子を気遣い、桟橋のほうまで見送りにいく。

ふたりとも交わすことばは少ないものの、一本の強い絆で結ばれていることはよくわかった。

子を乗せた小舟が去ったあとも、父はしばらく汀に残っている。

満天《まんてん》の星を眺めてから、悲しげに踵を返した。

あそこならば、小屋の連中に勘づかれる心配はない。

蔵人介は意を決し、ゆっくり歩みよっていった。

「誰だ」

明神は身構えた。

「待ってくれ。わしだ」

「ん、鬼役どのか」

「さよう。おぬしを捜しておった」

「大二郎を尾けたのだな」

「そのとおりだ。陰通夜のとき、妙に落ちつきがなかったゆえ、ひょっとしたらとおもうてな」

「大二郎め、また失敗《しくじ》りおった」

「もしや、連判状を盗まれたのも」

「ご明察のとおりだ。あやつに託したわしが責めを負わねばなるまい。ともあれ、気づいたのが貴殿でよかった。少なくとも、捕り方を連れてきた気配はなさそうだ」

「信じておらぬのか」

「誰ひとり信じられぬ。同志以外はな」

「一子を巻きこむつもりか」

「巻きこむのではない。大二郎はみずからすすんで蜂起にくわわるのだ。以前にも申したとおり、われら父子は良き死に場所を得たとおもうておる」

「それがあやまちであったとしたら。何者かの思惑に踊らされているのだとしたら、どうする」

明神は黙った。

こちらの様子を慎重に窺っている。

蔵人介は、抑えた口調でつづけた。

「油売りの万治は、西ノ丸御目付の佐島さまから送りこまれた間者だ。佐島さまが、おぬしと大坂の大塩平八郎を結びつけたのではないのか」

「ほう、鬼役づれがそこまで調べたとはな。やはり、貴殿はただ者ではなさそうだ」

「いいや、わしは一介の毒味役にすぎぬ。おぬしらの心情に寄せるおもいがあるからこそ、企ての裏に隠されたものを探ろうとしているのだ」

「とりあえず、聞いておこうか。企ての裏に隠されたものとやらをな」

明神はぐっと睨みつけ、口を真一文字に結ぶ。

蔵人介は、つつみかくさずに存念を吐いた。

「地位のある佐島さまが、幕政の無為無策を嘆いて謀反をけしかけるとはおもえぬ。

佐島さまの背後には、西ノ丸留守居の大迫石見守が控えておる。さらに石見守さまの背後に控えるのは、家慶公だ」

「ほほう、そいつはおもしろい。家慶公の狙いは何だ」

「無論、将軍の座よ」

察しの良い明神は、蔵人介の意図するところを即座に理解した。

「くはは、将軍の嗣子が親に取って代わるべく、親の膝元で擾乱《じょうらん》を引きおこすだと。おもしろすぎて腹がよじれるわい」

「突飛すぎるとおもうのか」

「あたりまえだ」

「信じぬでもよい。だが、蜂起をおもいとどまってほしい。何者かに踊らされているのだとすれば、おぬしたちの死は犬死《いぬじ》にも同然だ」

「わざわざ、それを言いにきたのか」

「さよう」

蔵人介はうなずき、大股で一歩近づいた。

「寄るな」

明神は身構え、刀の柄に手を添える。

「矢背どの、おぬしの義弟に嫁いだ錦どのの父御《ててご》は、本丸の御目付であった。立派なお方でな、心に熱いものを秘めておられた。わしは心の師と仰いでおったのだ。口数の少ない父御が愛娘と義弟どのの縁談が決まったとき、矢背家の由来《ゆらい》を拙者に語ってくれたことがあってな」

蔵人介は、ごくっと唾を呑んだ。

矢背というめずらしい姓は、京都の洛北にある八瀬の地に由来する。八瀬の民は八瀬童子《どうじ》と称し、伝承ではこの世と閻魔王宮《おうきゅう》のあいだを往来する輿《こし》かきとも、閻魔大王に使役《しえき》された鬼の子孫とも言われた。村人たちは並外《はず》れた体格を利《り》し、比叡山延暦寺《ひえいざんえんりやくじ》の座主《ざす》や皇族の輿を担ぐ力者《りきしや》となった。さらに、戦国の御代には禁裏《きんり》の間諜《かんちよう》となって暗躍し、戦国大名たちから「天皇家の影法師《かげぼうし》」と畏怖《いふ》されたともいう。

明神は滔々《とうとう》と喋りつづける。

「矢背家は八瀬童子の首長に連なる家柄と聞いた。女系であるともな。代々、養子にはいった者には密命が与えられるがゆえに、剣術に優れた者でなければならぬと、錦どのの父御は冗談半分に仰った。そのはなしが妙に、今も心に残っておる」

「なぜ、そのようなはなしをする」

「貴殿を斬らねばならぬ理由を探していたのよ」

「ほう、みつかったのか」

「みつかった。やはり、おぬしはただ者でない。誰《たれ》ぞ重臣の命を帯びて、われらの動向を探っておるとしかおもえぬ。おそらく、知りたいのは決行の日取りだ」

「それで」

「もはや、問答の必要はあるまい」

明神は、ずらっと刀を抜いた。

御前試合で使った木刀ではない。

真剣だ。

星明かりを浴び、鈍い光を放っている。

蔵人介も愛刀の柄に手を添えた。

「妙に長い柄だな」

「さよう」

長い柄の内に、八寸の刃を仕込んである。

蔵人介は柄に手を添えただけで、抜こうとしない。

「なるほど、居合《いあい》を使うのか。流派はたしか、田宮流であったな」

「いかにも」

明神は撞木《しゆもく》足にひらき、本身《ほんみ》の切っ先をこちらの水月につける。

さらに、不動明王のごとく本身を立て、印《いん》の構えに変化した。

御前試合と同じだ。

こちらの初太刀を左右どちらかに弾き、低い姿勢から裏籠手を狙って突いてくるにちがいない。

柄の狭間に突きが決まった瞬間、手の内を絶妙な呼吸で返されるのだ。

気づいたときには、こちらの手首がひとつ落ちている。

勝負は一瞬できまると、蔵人介は読んだ。

誘いの一手がすべてだ。

まともに挑んでも勝ち目はない。

「まいる。すりゃ……っ」

明神が印の構えで寄せてくる。

凄まじい気合いに呑まれ、蔵人介は本身を抜いた。

「つお……っ」

梨子地《なしじ》に艶やかな丁字の刃文。

二尺五寸の国次が明神の胸を襲う。
――きぃん。
これを弾くや、明神は折身となって突いてきた。
得たり。
そうおもったにちがいない。
蔵人介の握る柄の狭間に突きがきまった。やにおもわれたとき、長い柄の目釘《めくぎ》が
ぴんと弾けた。
「ぬわっ」
国次の柄が外れ、八寸の抜き身が飛びだす。
不意を衝《つ》かれた明神の喉首に、仕込み刃が食いこんだ。
いや、そうみえただけだ。
ふたつの人影はひとつになり、微動だにもしない。
「……お、おぬしの勝ちだ」
明神は吐きすてた。
「なぜ、喉を裂かぬ」
蔵人介は応じた。

「おぬしを殺《あや》める理由はない」

明神は、ふっと力を抜いた。

蔵人介も、ゆっくり身を離す。

「矢背どの、悪くおもわんでくれ。拙者は信じた道を歩みたい」

「さようか」

もはや、止めだては不要だ。

明神は眸子を潤ませ、まっすぐにみつめかえす。

「矢背どの、無理を承知でお願いしたい。もし、おぬしの申すことが真実であったならば、わしと大二郎の骨を拾ってはくれぬか」

諾《だく》とも否《いな》とも告げず、蔵人介は明神に背を向けた。

降るほどの星が堀川の表面にちりばめられている。

蔵人介は振りかえりたい衝動を堪え、堀川の汀を歩きはじめた。

十

如月十五日、早朝。

江戸に雪が降った。

午刻には溶ける牡丹雪、釈迦《しやか》入滅《にゆうめつ》の日にかならず降る涅槃《ねはん》雪にほかならない。

「やんぬるかな」

鎖鉢巻《くさりはちまき》を締めた明神小五郎はつぶやいた。

かたわらには、大友宗麟が名付け親の「国崩」がある。

砲身に焙烙玉を直《じか》に込めるのではなく、砲後方に子砲《しほう》と呼ぶ玉込め専用の筒があり、ここに玉と火薬を詰めたあと、砲尾に空けられた穴に点火する。

やり方は繰りかえし頭に描いた。

激しく雨の降った晩に、十万坪の干潟で試射したこともある。

気をつけねばならぬのは反動を支える台座の設置と、発射時に砲本体と子砲の隙間から激しい噴煙が発することだ。

「噴煙に驚いてはならぬぞ」

と、配下の者たちにも何度となく注意してきた。

まだらに降る雪の向こうには、呉服橋御門が堅牢《けんろう》な直壁《ちよくへき》となって立ちはだかっている。

仏狼機砲の筒口は、閉じられた門に向けられていた。

そうするように指示したのは、どこからか砲を調達してきた西ノ丸目付の佐島十郎左衛門だった。

三日前に忽然《こつぜん》と隠れ家にあらわれ、決行の日付を告げるとともに「江戸の政事を司《つかさど》る町奉行所に砲を放ち、世直しの口火を切るのじゃ」と志士たちを鼓《こ》舞《ぶ》した。

指揮を任された明神は「武運を祈る」と肩を叩かれて感極まったが、今となってみれば遠いむかしの出来事に感じられてならない。

長年世話になった北町奉行所に砲を向けることで、覚悟を決めさせたいのはわからぬでもない。

しかし、明神には躊躇《ちゅうちょ》がある。

矢背蔵人介の忠告が耳から離れない。

——蜂起をおもいとどまってほしい。何者かに踊らされているのだとすれば、おぬしたちの死は犬死にも同然だ。

自分たちは踊らされているのだろうか。

いや、ちがう。

明神は首を振った。

佐島さまは心の底から、この国の惨状を憂えている。

無為無策な幕閣の御歴々と将軍家斉を動かすには、武力をもって覚醒《かくせい》させる以外に方法はないと、あの方は涙ながらに訴えたではないか。

わしは捨て石になるから、おぬしも付きあえと誘われ、明神は覚悟を決めたのだ。

今も、佐島十郎左衛門が流した涙を信じている。

「暴挙であると言わば言え。犬死にであると言わば言え」

何千何万という人々が飢え死にしているというのに、惨状から目を逸《そ》らして安穏と過ごしている。それこそが罪なのだ。

「幕臣どもよ」

今日こうしておぬしたちの同朋が蜂起することの意味を、どうか嚙みしめてほしい。

明神小五郎は天に祈りを捧げ、仏狼機砲に焙烙玉を込めた。

黒子《くろこ》となって黙々とはたらく者たちは、食いつめた浪人や近在の村々から逃げてきた百姓たちだ。

町奉行所の仲間も「国崩」の号砲を合図に、各所の持ち場から蜂起する手筈《てはず》になっている。

「大二郎よ……」

明神は息子の顔を思い浮かべた。

「……すまぬ」

十九で命を散らさねばならぬ悲運に導き、ほんとうにすまぬ。

もはや、後戻りはできない。

仏狼機砲の号砲に呼応して、江戸の随所《ずいしょ》から火の手があがる。

米の買い占めで私腹を肥やす豪商の店は襲われ、賄賂で肥えふとった重臣どもの屋敷は炎に包まれるだろう。神田橋御門からも、数寄屋《すきや》橋御門からも、桜田《さくらだ》御門からも、抜刀隊《ばっとうたい》が斬りこむ。西ノ丸からは援護の鉄砲隊も馳《は》せ参じるので、少なく見積もっても蜂起軍の数は三百有余にのぼるはずだ。

それが五百人、千人と膨らみ、怒濤《どとう》となって城内へなだれこむ。

合戦場《かっせんば》を知らぬ番士《ばんし》どもを蹴散らし、馬場先《ばばさき》から大手御門へ踏みこみ、惰眠《だみん》を貪《むさぼ》る幕府高官や諸大名を震撼《しんかん》たらしめてやるのだ。

そして、為政者《いせいしゃ》に巨大な鉄鎚《てっつい》を浴びせてやる。

「よいか者ども、覚悟を決めよ」

気合いを込め、砲尾の穴に点火する。

「放て……っ」

明神小五郎は獅子吼《ししく》した。

——どん。

存外に小さな炸裂《さくれつ》音とともに、巨大な焙烙玉が飛びだす。

黒子たちは一斉に伏せ、頭を抱える者もなかにはあった。

鉛色の空に大きな弧を描いた焙烙玉は門前に落ち、爆破するとおもいきや、地べたに落ちたまま微動だにもしない。

「……ふ、不発か」

明神は惚《ほう》けたようにつぶやく。

と、そのとき。

閉じていた堅牢な門が開いた。

足軽装束《あしがるしょうぞく》の者たちが、三十人ほど飛びだしてくる。

素早く上下二段の横一列に並び、前列の者たちが火縄筒《ひなわづつ》を構えた。

陣笠《じんがさ》をかぶった組頭《くみがしら》が、凜然と叫びあげる。

「あれなる賊どもを狙え」

悪夢でもみているようだった。

「密訴《みっそ》じゃ」

黒子のひとりが叫ぶ。
明神は顎を震わせた。
たしかに、裏切り者の密訴もあろう。
だが、けっしてそれだけではあるまい。
最初から裏切られる筋書きになっていたのだ。
もはや、疑念は確信にかわっていた。
「おのれ、佐島め」
明神は怒声を発し、だっと奔りだす。
「ぬおおお」
腰の刀を抜きはなち、たったひとりで鉄砲隊に向かっていった。
「放て……っ」
組頭の合図と同時に、乾いた筒音が轟いた。
明神は蜂《はち》の巣のように撃たれ、踊りながら倒れていく。
後ろの黒子たちは、金縛りのようになった。
深閑としたなかに、硝煙の臭いがたちこめる。
明神は生きていた。

むっくり起きあがり、鎖帷子《かたびら》を脱ぎすてる。

顔もからだも血だらけだが、ふらつきながらも歩きだした。

驚いた鉄砲隊の組頭が、声をひっくり返す。

「二列目前へ、早うせい」

草摺《くさずり》の擦れる音がかち合い、足軽たちはどうにか態勢をととのえた。

明神は歩きつづけ、ふと、足を止める。

すぐそばには、不発に終わった焙烙玉が転がっていた。

「……く、首は渡さぬぞ。ぬおおお」

明神は両手をひろげ、焙烙玉に覆いかぶさっていく。

――どどおん。

大音響とともに、重さ一貫目を超える焙烙玉が炸裂した。

「うわあああ」

鉄砲隊も黒子も、爆風で飛ばされるほどの衝撃だった。

明神小五郎の志は、肉体もろとも痕跡《こんせき》もなく砕け散った。

十一

江戸の町は沈黙している。

今朝ほど呉服橋御門外で騒ぎがあったと人伝《ひとづて》に聞いたが、朝餉の膳にはいつもと変わらぬ鱚の網焼きと付け焼きが載り、蔵人介はとどこおりなく毒味を済ませた。

定例登城で城内は賑わっており、弁当を求める大名たちのためにお城坊主《しろぼうず》たちが右往左往している。いつもとちがう様相であるのは確かだし、たまさか厠《かわや》のそばで見掛けた水野越前守は「大山鳴動鼠一匹《たいざんめいどう》じゃ」と大笑していたものの、何のことやらさっぱりわからなかった。

午刻前に下城となり、迎えにあらわれた串部の蒼《あお》ざめた顔をみて、ようやく蜂起があったことを知った。

「連中、やったのか」

「はい。されど、不発に終わったようで」

「明神小五郎はどうした」

「はて、どうなったやら。桜田御門外でも不穏な動きはあったやに聞きましたが、おおむね封じこまれた模様にござります」

大山鳴動とは、このことであった。

水野越前守が謀反の動きを察知し、先手を打ったにちがいない。

「明神どのの倅《せがれ》はどうした」

蔵人介は案じていたことを口にした。

串部はこともなげにこたえる。

「市之進どのが怪しい動きを察しましてな、かねてよりのご指示どおり、拐《かどわ》かして古寺の御堂《おどう》に縛りつけてござります」

「それでいい。熱が冷めるまで、そのままにしておけ」

「は」

水野越前守としては、謀反があったことを表沙汰にしたくなかろう。

明神に同調したとおぼしき与力同心たちがあったとすれば、隠密裡《り》に捕縛され、取調《とりしらべ》を受けているはずだ。いずれにしろ、仲間同士の連絡役だった大二郎の復帰は難しい。だが、命さえあればどうにかなる。

「殿もお気づきにならなかったとすれば、謀反とはほど遠いものであったと言わねばなりますまい。大坂のほうも不発に終わったのかも」

大坂のことなどわからぬ。同じ日に蜂起するとはかぎらぬではないか。

蔵人介は、串部に八つ当たりしたい衝動を抑えた。

「西ノ丸の陰謀も潰《つい》えましたな」

「そう考えるのは早計《そうけい》かもしれぬぞ」

「ほう、なぜでござる」

「明神のやったことが稚拙《ちせつ》すぎるからよ」

「最初からこうなると読んでいたとしたら、真の狙いは何でござりましょう」

「水野さまに恩を売ろうとしておるのかもな」

謀反を裏で仕組んでおいて、蜂起直前になって密告する。

水野越前守に手柄を譲り、政事の決定に影響力をおよぼそうとしているのかもしれない。

「誰の目からみても、つぎの老中首座《しゅざ》は水野さまだ。おそらく、それは家慶公が新将軍の座に就かれてもかわらぬ。西ノ丸の連中は、政事の舵《かじ》取りをおこなうであろう人物に取り入ろうと必死なのだ」

「それにしては、しょぼい企てにござりましたな」

蔵人介は、ぎろりと睨みつける。

「串部よ、軽々に申すでないぞ。佐島十郎左衛門の甘言《かんげん》を信じ、犬死にしていった者たちのことをおもうと胸が痛まぬか」

「痛みます。されど、所詮、信じた者だけが莫迦をみる」

それも真実だ。

「この企て、まだ終わっておらぬのかもしれぬ」

「と仰ると」

「本命は大坂かもしれぬ。なにせ、水野さまのご実弟が統治しているのだからな」

「されば、大塩平八郎はいまだ蜂起しておらぬと」

「おらぬかもしれぬ」

蔵人介は脳裏に、大坂の市中が火の海となる不吉な光景を浮かべていた。

十二

それから丸一日経って大二郎を解放し、母親のもとへ帰してやった。

華々しく死ぬよりも、苦しみを抱いて生きぬくほうが何倍も難しい。

「生きよ。生きて世のため、人のためになれ」

父の本音であったにちがいないことばを遺言と偽って伝えると、十九の若者は泣きながら納得してくれた。

今はおのれの不甲斐なさに、おののきたくなるかもしれぬ。

だが、きっといつか、心の傷が癒《い》えるときはかならずくる。

どうにか困難を克服し、雄々しく立ちなおってほしい。

蔵人介は、祈らずにいられなかった。

――大塩平八郎、謀反。

驚愕すべき第一報が千代田城にもたらされたのは、実際の蜂起から三日後となる二十二日のことだった。

当初は「大坂が火の海になっている」だの「大坂城も焼けおちた」だのといった誇張された噂が飛びかい、幕閣の御歴々でさえも詳細を把握していなかった。

蔵人介に大坂であったことの詳細を教えてくれたのは、意外な人物だった。

跡部山城守の飼い犬、木暮半兵衛である。

木暮は瘤寺の門前で、散策にやってきた蔵人介を待ちかまえていた。

「鬼役め、待っておったぞ」

「ほう、わしに何か用か」

「うぬと決着をつけねばならぬ。その一念で駆けに駆け、今さっき大坂から舞いもどったのじゃ」

「されば、大坂の惨状を知っておろうな」

「この目に焼きつけてまいった。大坂は火の海になりおったわ」

「何だと」

大塩平八郎はついに、怒りを爆発させたのだ。

利を求めて米を買いあさる豪商たちと、救民策に耳を貸さぬ跡部山城守にたいして鉄鎚を下すことに決め、家財を売却して家族を離縁したうえで、粛々《しゆくしゆく》と武装蜂起の用意をととのえた。

さらに、豪商らに天誅《てんちゆう》をくわえるべしとする檄文を近郷の村々に内密で配り、蜂起への参加を呼びかけた。と同時に、大坂町奉行所の不正や役人たちの汚職を詳述した訴状を江戸表の幕閣に送った。そして、新任の西町奉行堀伊賀守利堅《ほりいがのかみとしかた》が着任する十九日を決起の日とし、東町奉行の跡部山城守もろともに爆死させるのを第一の目途《もくと》に定めたという。

「大塩らの企ては筒抜けであった。洗心洞の門人に粉《こな》を掛けて内情を探らせ、大筒や焙烙玉を入手したこともわかっておったのだわ」

たとえば、盗んだ檄文を携えて大塩たちを売った大坂東町奉行所同心の吉見《よしみ》九郎《くろう》右衛門《えもん》父子などは、密訴の功をもって褒賞を受けるという。

ともあれ、蜂起前に内通者や離反者が相次ぎ、大塩は町奉行の跡部を爆死させる企てをあきらめざるを得なかった。それでも、一行は天満橋の自邸に火をかけて気勢をあげ、隊列を組んで市中を練り歩いたという。

叛乱軍は三隊からなり、平八郎の養子格之助が先鋒《せんぽう》を率い、平八郎自身が本隊を、大坂東町奉行所与力の瀬田済之助が殿軍《でんぐん》を指揮した。

一行は難波《なんば》橋を渡り、北船場《きたせんば》で鴻池などの豪商を襲い、近郷の百姓や大坂町民を吸収して総勢三百人余りにまで膨らんだ。「救民」という二文字の染めぬかれた旗のもとには、摂津国や河内国の庄屋や年寄などのほかに医者や隠居や馬借《ばしやく》までがふくまれていたという。

「大塩方は船場の商家などに大砲や火矢を放ったものの、いたずらに戦火をひろげるばかりでな、そのうちに勢いも萎《しぼ》んでいきおった」

町奉行所の繰りだした手勢によって、たった半日で鎮圧されたらしかった。

一番手柄を立てたのは、助っ人で駆りだされた大坂玉造口定番与力の坂本鉉之助《さかもとげんのすけ》であったという。著名な砲術家の実子でもある坂本は、正確無比な狙撃により乱鎮圧の立役者《たてやくしゃ》となった。大坂玉造口定番与力と言えば、大塩に佐分利流の槍術を指南した柴田勘兵衛も、百目筒《ひやくめづつ》を携えて叛乱軍と対峙したらしい。

「跡部さまご自身も手勢《てぜい》を率いて出馬されたがな、大塩方の詳細を伝えておいたにもかかわらず、なんと砲声に驚いて落馬なされた。ふっ、そうした醜態は幕閣へは伝わらぬ。謀反を速《すみ》やかに収束《しゆうそく》させた功で、跡部さまはご出世なさる。ご実兄の水野さまのもくろんだ筋書きどおりに事は運ぶ。ただしな、大塩はまだみつかっておらぬ。跡部さまの暗殺を狙って息をひそめておるか、さもなくば、河内国を経て大和国あたりへ逃げのびたかのどちらかだ。いずれにしろ、これからは大坂城代の軍勢も加わる。どこへ潜伏しようと、逃げられまいさ」

木暮は楽しそうに叛乱の経緯を説明した。

「わしはこれより、水野さまのもとへ詳細をお伝えしにまいる。行きがけの駄賃《だちん》に鬼役の首を携えてまいろうとおもうてな」

「水野さまが、わしの首を所望されたのか」

「そうではないが、あの方は今、憂慮すべきものの芽を摘んでおきたいとお考えのはずだ。おぬしはわしがみるかぎり、裏の事情を知りすぎておる。鬼役の素首《そつくび》をおみせすれば、水野さまはきっとお喜びになるだろうさ」

「裏の事情とは、西ノ丸の姑息な謀《はかりごと》に水野さまが乗ったことを意味しておるのか」

「さよう。水野さまは不浄役人どもに謀反の企みがあると知り、その詳細を知りたがった。西ノ丸の連中は本丸における地位の保全と引換に、企ての全容を教えたのだ。ゆえに、江戸表の擾乱は未然に防ぐことができた。大坂ではご実弟の手際の悪さから市中の二割が焦土《しょうど》と化すことになったものの、体面を保つ程度には事態を収束できた。どちらも、水野さまのお手柄となる。家斉公の信用がいっそう増すばかりか、家慶公の信頼をも得ることになる。たとい、こたびの謀反が西ノ丸の姑息《こそく》な連中が描いた絵であったとしても、水野さまは追及なさるような野暮《やぼ》はすまい。ここからは、わしの役目だ。裏の事情を知る者たちを束にまとめて、刈っておかねばならぬ」

蔵人介は、ふっと笑みを漏らす。

「何が可笑しい」

「ふふ、飼い犬とは悲しいものよな。悪党の意のままに操られ、犬死にしたところで顧みられることもない」

「おぬしとて同じ穴の狢《むじな》であろうが。橘右近の飼い犬だということは先刻承知済みよ」

「水野さまに聞いたのか」

「はて。誰に聞いたか、忘れてしもうたわい」

橘は表向きかもしれぬが、水野と懇意にしている。

水野から直に将軍警護の役を課されたこともあったので、蔵人介はそのあたりから素姓が漏れたことを疑《うたぐ》った。

四ツ辻のほうから、物売りがやってくる。

蔵人介はさっと踵を返し、瘤寺の門を潜った。

参道を駆けぬけ、本堂へつづく急な石段をのぼる。

木暮が影のように追いかけてきた。

走力で伊賀者にかなうはずはない。

石段の途中で追いつかれた。

「つおっ」

忍び刀が閃き、背中を浅く削られる。

「うっ」

殺戮《さつりく》を旨とする伊賀者に、剣客の礼儀は通用しない。

生きのびるためならば、どんなに卑怯な手も使う。

蔵人介は振りむきざま、水平斬りを繰りだした。

木暮はむささびのように跳躍し、石段の三段上に舞いおりる。

蔵人介は、抜いた刀を鞘に納めた。

上と下、こちらが不利な位置取りだ。

「いかに居合の達人でも、わしには通用せぬ」

「どうかな」

背中の傷がぱっくり開き、着物が血に塗《まみ》れた。

痛みはさほど感じない。

感じている余裕もない。

蔵人介は何をおもったか、すっと刀を抜いた。

「ほう、抜いたか。居合をあきらめたな」

「さよう」

国次を垂直に立て、不動明王のごとく身構える。

「卜傳流印の構えか」

「わしの刀には、明神小五郎の魂魄《こんぱく》が憑依《ひょうい》しておる」

「笑止《しょうし》な。それを付け焼き刃と申すのだ」

「ためしてみるがよい」

正月七日の武芸上覧において、蔵人介と木暮は広縁の桟際に並んで座った。

江戸柳生の剣を破った明神の裏籠手を、木暮も目に焼きつけたはずだ。

そこに活路《かつろ》がある。

「ぬりゃっ」

蔵人介は先手を取った。

下からしゃくりあげるように突き、木暮が両手で握る柄を狙う。

「何の」

木暮は突かせまいと片手を放し、体《たい》をわずかにひらいた。

蔵人介はその隙を逃さない。

ぴんと、柄の目釘が弾けた。

仕込み刃が飛びだす。

「ふいっ」

八寸の閃光が奔った。

瞬時に投擲《とうてき》された白刃が、木暮の喉に刺さっている。

「むぐっ」

木暮は前のめりになり、石段をどこまでも落ちていった。

自分が落ちたかもしれぬ奈落《ならく》の底を、蔵人介は厳しい眸子で睨みつける。

「外道め」

吐きすてた途端、背中に強烈な痛みが走りぬけた。

十三

如月もなかばを過ぎて彼岸《ひがん》になると、春の装いがいっそう色濃くなってくる。

芹《せり》が萌《も》える土手から夕暮れの大川に浮かぶ木流しの筏《いかだ》を眺め、蔵人介は永代橋を渡りはじめた。

「さて」

佐島十郎左衛門は食いつくか。

魚を釣りあげるには餌が要る。

佐島がもっとも食いつきやすい餌は、明神小五郎の亡霊ではあるまいか。

蔵人介は串部に命じ、油売りの万治を捜しださせた。

目付の間者でもある万治に「明神は生きている」と吹きこみ、佐島に宛てた斬奸《ざんかん》状《じょう》を五百両で買うように持ちかけさせたのだ。

――二十五日亥ノ刻　深川佐賀町春木屋にて待つ
という文を届けさせ、かつて明神たちが隠れ家にしていた油問屋に罠《わな》を張ることにきめた。

佐島はかならずやってくると、蔵人介は踏んでいる。

明神の狙いが金であることを強調したのも、相手が足を運びやすくするための小細工にすぎない。

「義兄上、佐島は小太刀《こだち》の名手と聞きました」

後ろから不安げに問うてくるのは、義弟の市之進であった。

蔵人介と市之進は小銀杏髷に結いなおして不浄役人に化け、暮れなずむ対岸の町へ踏みこんでいく。

途中の川端に風鈴《ふうりん》蕎麦《そば》をみつけ、軽く腹ごしらえでもしようと足を向けた。

「蕎麦前だ。付きあえ」

「はあ」

浮かぬ顔の市之進とともに暖簾《のれん》を振りわけ、十六文の掛け蕎麦と「蕎麦前」を頼む。

すぐに酒の熱燗がとんと出され、蜆《しじみ》の佃煮を肴に呑みはじめた。

一杯呑みおわるころには蕎麦が出され、ぞろっと音を起《た》てながら啜れば、額に汗がうっすら滲んでくる。

「腹もできたな」

「はあ」

そののち、二刻余りのときを闇に蹲《うずくま》って過ごし、ふたりは亥ノ刻前に油問屋の表口に立った。

「義兄上、狭い家内ではこちらが不利になりませぬか」

あらためて不安を口にする市之進に向かって、蔵人介は笑いかける。

「案ずるな。策はある」

表口を敲《たた》くと、留守番に雇われた年寄りが潜り戸から顔を出した。

店には主人も奉公人も今はおらず、敵もそのことをよく知っている。

ゆえに、誘いだす場所に選んだ。

少しでも警戒を解かせるためだ。

「お役目ご苦労さまにごぜえやす」

留守番の親爺は疑う素振りもみせず、膝のあたりまで頭を下げる。

「ちと、店を拝借する。蕎麦でも食ってこい」

小銭を渡すと、親爺はすぐさま闇に消えた。

入れ替わりに、串部が興奮の面持ちでやってくる。

「殿、魚が掛かりましたぞ」

「お、そうか」

「佐島十郎左衛門を入れて、敵は四人にござる」

提灯持ちをつとめる万治と用人がふたりらしい。

「予想したより、手薄でござるな」

「ふん、舐めてかかっておるのさ」

蔵人介は串部を外に待機させ、市之進と土間に踏みこむ。

表口を開けはなち、表口の一箇所にだけ灯《とも》りを点した。

上がり框《かまち》からつづく板間は広く、土間には客に売るための油樽が並んでいる。

蔵人介は何をおもったか、市之進にも手伝わせて樽のひとつを持ちあげた。

板間のうえに運び、奥の隅に置いて蓋《ふた》を外しておく。

「策はこれだ。板間に油を撒《ま》く」

「えっ」

「佐島たちを板間に誘いこむのが、おぬしの役目だ」

「わたしが」

「明神小五郎の仇を討ちたいのであろう」

「はい」

「それなら、いちいち文句を抜かすな」

「はあ」

「おぬしは剣術はからっきしだが、柔術のおぼえはある。用人どもの腕の一本でも折ってくれればそれでよい。ま、期待してはおらぬがな。ともあれ、わしは案山子《かかし》のように奥で控えておるゆえ、佐島との交渉は任せる」

「かしこまりました」

市之進は憮然《ぶぜん》とした顔で応じる。

そこへ、串部が顔を出した。

「提灯が近づいてまいります」

「よし、ふたりとも頼んだぞ」

「は」

川沿いの道をたどって、四つの人影が慎重にやってくる。

佐島は黒頭巾をかぶっているものの、右肩をやや下げた癖までは隠せない。

まちがいない。本人だ。

十間《けん》ほど手前で、四人は足を止める。

小柄な万治が提灯を吹きけし、ひとりですたすた近づいてきた。

蔵人介は板間の隅に隠れ、外の会話に耳をそばだてている。

応対するのは、市之進だ。

串部は物陰に身を潜めていた。

「おまはん、誰や」

万治が上方ことばで問うた。

市之進は上擦《うわず》った声を出す。

「拙者は明神どのの配下でな、北町奉行所の同心だ」

「はじめてみる顔や。北町の吟味方にそないな顔はおらへんで」

「書役《かきやく》だ。うるさいことを抜かすな」

「明神の旦那は死なはったと聞いたで。焙烙玉を抱えて粉微塵《みじん》になりはったとな」

「そいつは替え玉さ」

わずかな沈黙ののち、万治がぷっと吹きだす。

「焙烙玉を抱えた替え玉かいな。江戸の駄洒落《だじゃれ》は笑えへんわ。まあええ。旦那はおるんかいな」

万治は敷居の内を覗こうとする。

蔵人介は一歩踏みだし、気配だけにおわせてやった。

市之進が声を荒げた。

「金は持ってきたのか」

「ああ、あそこにな」

万治は振りかえり、顎をしゃくった。

用人のひとりが五百両箱を重そうに抱えている。

「石でも入れてあるのではあるまいな。騙したら命は貰うぞ」

「うほっ、おもろい。佐島さまを強請《ゆす》るとは、ええ度胸しとるやないか」

「ほざくな。金をここに持ってまいれ。中身をあらためる」

「お好きにどうぞ」

万治が合図を送ると、ようやく三人は動いた。

「五百両箱を寄こせ」

市之進が叫ぶと、佐島がくぐもった声を漏らす。

「わしを呼んだのではないのか」

「ああ、呼んだださ。でもな、こっちは金さえ貰えりゃそれでいい。あんたが誰であろうと、金さえ貰えりゃ恨みっこなしだ」

「明神小五郎のことばともおもえぬ」

佐島は、ずらっと刀を抜いた。

これを合図に、用人たちも抜刀する。

万治は難を避け、弾かれたように横へ飛ぶ。

佐島が眸子をぎらつかせた。

「わしは明神に用がある。生きているというのならな」

「生きておるわさ」

市之進は言いすて、くるっと敵に背を向けた。

「待て」

用人ふたりを差しおき、佐島がまっさきに店のなかへ飛びこんでくる。

市之進は裾をからげて板間にあがり、尻をぺんぺん叩いてみせた。

「ほれ、鬼さんこちら」

「おのれ」

佐島も雪駄《せった》のまま、板間にあがってきた。

と同時に、油樽が倒された。

琥珀《こはく》色の油が勢いよく流れ、つるっと市之進が足を滑らせる。

「のわっ」

佐島も滑り、助けにはいった用人たちも滑って転ぶ。

これをみた万治は自分だけ逃げようと、踵を返しかけた。

刹那、一陣の鎌風《かまかぜ》が吹きぬけ、ふわっと裾が持ちあがる。

「のへっ」

見慣れた臑《すね》が一本だけ、後ろに残っている。

突如、凄まじい痛みに襲われた。

「ぎゃっ」

万治は仰向けにひっくり返る。

そこへ、見知らぬ顔が覗きこんできた。

「わしは串部六郎太、臑を刈るのが役目でな。悪くおもうな」

「ひゃあああ」

万治は血を撒きちらしながら、地べたを転がった。

一方、板間に這いつくばった連中は、油地獄から抜けだせない。

闇雲《やみくも》に刀を振りまわすこともできず、佐島などは大刀を捨てていた。

こうなると、柔術に優れた者が優位になる。

すでに、市之進は用人ひとりの襟を締めて落とし、ふたり目の腕をきめて関節を外そうとしていた。

蔵人介は、ずらっと国次を抜いた。

暗闇に煌めく白刃を睨み、佐島が顎を突きだす。

「何者じゃ、おぬしは」

「明神小五郎の遺志を継ぐ者にござる」

蔵人介は発するや、油の表面を膝でつうっと滑った。

二尺五寸の愛刀を、角《つの》のように突きたてている。

焦った佐島は尻餅をつき、慌てて脇差を抜いた。

しかし、刃長が足りない。

国次の切っ先はまっすぐ伸びて佐島の胸に刺さり、背中から突きだした。

「……ぬ、ぬぐ……お、おぬしは……お、鬼役」

「いかにも。気づくのが遅うござったな」

琥珀の油に血が飛んだ。

血も水と同じで、油とは混じりあわない。

善と悪は混じりあわず、国を憂う心情は我欲や保身とも混じりあわない。

蔵人介の脳裏には「骨を拾ってはくれぬか」と吐いた明神の悲しげな顔が浮かんでいた。

城中にはまだ、佐島十郎左衛門に輪を掛けた悪党どもが残っている。

志をもって立ちあがろうとする者たちのことなどお構いなく、我欲を満たすことだけに心血を注ぐ奸臣《かんしん》どもは大勢いる。

どれほど地位の高い者であっても、許すわけにはいかぬ。

返り血と油にまみれながら、蔵人介は胸に誓った。

御所《ごしょ》の防《ふせぎ》

一

湯気の立つ飯に蕗《ふき》味噌を擦りつけて食べたくなった。

毒味の役目を終えて浄瑠璃坂をのぼっていると、あまりに腹が空いて居たたまれなくなることがある。

浮かんでくるのは、孫兵衛とおようの待つ『まんさく』の軒行灯だ。

「雛祭《ひなまつり》も終わったし、そろそろ煮蛤《にはま》が出てくるころだな」

山菜のぬた和《あ》えや天ぷらもいいし、筍《たけのこ》尽くしもいい。

魚なら鯔《ぼら》の味噌付け焼きに石鰈《いしがれい》の煮付け、高価なところでは甘鯛《あまだい》の刺し身に桜鯛《さくらだい》の塩蒸しか。

「いやいや、鯛など望まずとも鮒《ふな》でいい」

川で釣った鮒を五日ほど泳がせておき、三枚におろしてみじん切りにする。

刻んだ葱《ねぎ》と芹《せり》をくわえ、汁気を抜いて温かい白飯にぶっかける。

「そいつを」

口をはふはふさせながら掻っこめば、至福を味わうことができよう。

蔵人介は我慢できなくなり、坂の途中で右手に折れた。

払方町《はらいかたまち》を突っきり、曲がりくねった鰻坂《うなぎざか》を下っていく。

富士見馬場《ふじみばば》を早足で歩き、突きあたりを左手に折れれば『まんさく』のある神楽坂までは近い。

腹をぐうぐう鳴らし、突きあたりまでたどりついた。

と、そこへ。

「お侍さま、お侍さま」

右手の逢坂《おうさか》から、辻番《つじばん》らしき老爺《ろうや》が死にそうな顔で駆けおりてくる。

「たいへんです。一大事にございります」

「どうした」

「逢坂の坂下で辻斬りが。武家のご妻女が……」

「妻女がどうした。斬られたのか」

「……は、はい。腕をふたつとも失い、血達磨《ちだるま》になって」

幽鬼《ゆうき》のように、ふらついているという。

日没前の逢魔刻《おうまがどき》、悪い冗談であってほしかった。

「逢坂の下だな」

「はい。助けてやってくださいまし、お侍さま」

気が動顚《どうてん》した辻番は、驚いた拍子《ひょうし》にひと坂を越えて逃げてきたのだ。

蔵人介は霰《あられ》小紋の裃《かみしも》を肩外しに脱ぎ、雪駄を背帯に挟んだ。

着物の裾を端折《はしょ》るや、風のように駆けだす。

筍尽くしも鮒飯も、頭から吹っ飛んでいた。

逢坂のてっぺんまでたどりつき、御濠《おほり》に向かって転がる勢いで駆けおりる。

坂下には野次馬《やじうま》が集まっていた。

地べたは血だらけで、武家女が倒れている。

誰もが気味悪がって近づかずにいるなかへ、蔵人介は迷わずに飛びこんだ。

裃に血が付くのもかまわず、女の肩を抱きおこす。

「おい、しっかりしろ」

くずれた丸髷《まるまげ》が痛々しい。

富士額《ふじびたい》で目許に泣きぼくろのある三十路《みそじ》ほどの武家女だ。

裾模様に源氏香と草花をあしらった黒小袖を身につけ、牡丹唐草《からくさ》柄の帯を締めている。

辻番の親爺が言ったとおり、両腕は肘《ひじ》の上から切断されていた。

刀ですっぱり断たれた傷だ。

「おい、気を確かに保《も》て」

からだを揺すると、女は薄目を開けた。

顎を震わせ、何事か喋りたそうにする。

「ん、どうした。何が言いたい」

口許に耳を近づけると、どうにか、ことばを聞きとることができた。

「……ゆ、譲《ゆずる》に……あ、逢いたい」

発するや肩の力が抜け、目から涙を流す。

血の色をした涙だ。

蔵人介は短く経《きよう》を唱え、瞼をそっと閉じてやった。

誰に殺られたか知らぬが、さぞ口惜しかろうな。

乱れた納戸地の襟元から、白い紙が覗いていた。

抜きだしてみると、血塗《ちまみ》れの女手形であった。

手形をみれば、素姓は一目瞭然《いちもくりようぜん》だ。

——西ノ丸御裏御門番頭　羽生田秀典妻　美晴
とあり、番町《ばんちよう》の住まいも明記されている。

入鉄砲《いりでつぽう》に出女《でおんな》ということばもあるとおり、武家の妻女が江戸府内から外へ出ることは厳しく制限されている。

用事があって旅に出たいときは幕府の留守居役に願いでて、身分や姓名や住まいはもとより、行き先や用事の中身などの記された道中手形を交付してもらわねばならなかった。箱根《はこね》の関所では人見婆《ひとみばあ》に調べさせるため、手形には顔の特徴や黒子《ほくろ》の位置まで詳細に書かれている。

蔵人介は昨日の日付で発行された手形であることを確認した。

有効とされる期限は来月末日なので、まだ充分に余裕はある。

ただ、発行人の欄だけは血に染まっており、署名がみえにくい。

目を近づけて確かめようとしたところへ、男の悲鳴が聞こえてきた。

「うえっ、来てくれ。こっちに腕がある」

堀兼《ほりかね》の井と呼ぶ四ツ辻を左手に曲がった坂の下だ。

武家屋敷の佇《たたず》む坂の左右にはかつて見事な梅林があり、第二代将軍秀忠《ひでただ》が唐土《もろこし》の大庾嶺《だいゆれい》という梅林の名所に因《ちな》んで「庾嶺坂《ゆれいざか》」と名付けた。由緒《ゆいしょ》ある坂のまんなかに、白い女の腕だけが転がっている。

妻女はここで斬られたのだ。

しかも驚いたことに、一尺二寸ほどの脇差を両手で握っていた。

そばには、鞘も転がっている。

おそらく、妻女は武芸の心得があり、賊に追われて振りむきざま、上段の構えをとった。撃尺《げきしやく》の間合いへ踏みこみ、えいと勢いよく振りおろした瞬間、相手の繰りだした合わせ技で逆《さか》しまに両腕を失った。

そんなことが、あり得るのだろうか。

蔵人介はその場で素振りをし、さまざまに試みた。

「やはり、上段の一撃を受けるとみせかけた双手《もろて》刈りか」

それしかおもいつかない。

妻女は丈《たけ》が五尺五寸を超えており、懐中に潜りこむのはさほど難しくなさそうだ。

下手人は十字に受けるとみせかけて懐中に踏みこみ、上から腕が落ちてくる力を利用して下から刈りあげたのだ。

両腕を失った妻女は、それでも必死に逃れようと踵を返した。ありったけの悲鳴をあげ、通行人を呼びとめたにちがいない。

下手人は遁走《とんそう》した。

妻女は生きのびるべく、逢坂の下まで歩いてきた。

「凄まじい執念だな」

ふらつきながらたどった道筋には、鮮血が帯になっている。

蔵人介はこときれた妻女を肩に担ぎ、濠端へ向かった。

「お侍さま、どちらへ」

声を掛けてきたのは、さきほどの辻番だ。

蔵人介はこたえた。

「番町の法眼坂《ほうげんざか》だ」

「とんだことに巻きこんじまって、申しわけありません」

「かまわぬ。看取った者として、ほとけを家までお連れせねばなるまい」

「戸板をみつけてまいりましょうか」

「いらぬ。このまま担いでまいろう」

血を搾《しぼ》りつくしたのか、妻女のからだは軽い。

蔵人介は濠に沿って南に進み、市ケ谷《いちがや》御門から番町の迷路へ踏みこんだ。

住人さえも迷うと言われる番町だが、蔵人介にとっては通いなれた道だ。

ことに法眼坂辺はわかりやすく、御門からまっすぐ進んで突きあたりを左手に折れ、表六番町通の途中を右に曲がればよい。

羽生田《はにゅうだ》屋敷はすぐにわかった。

妻女の供をした小女《こおんな》が先着して主人の危機を伝えており、顔色を変えた家人《かじん》たちが表門の外へ出ていたからだ。

西ノ丸御裏御門番頭《おうらごもんばんがしら》は役料《やくりょう》七百俵の中堅役人だが、立派な屋敷の構えからすると家禄は一千石に近いものと推察された。

一家の長らしき五十がらみの人物が、怖い顔で駆けよってくる。

着流しの帯に大刀を差し、今にも抜刀しかねない構えだ。

蔵人介は気にも掛けず、大股でずんずん近づいていく。

まさか、辻斬りの下手人とはおもうまい。

「お待ちあれ」

重々しく制され、蔵人介は足を止めた。

「肩に担いでおられるのは、わが妻であろうか」

「おそらくは。失礼ながら、羽生田秀典《ひでのり》さまであられましょうか」

「いかにも」

「戸板をお持ちくだされ」

「かしこまった」

羽生田の指示で、用人たちが戸板を担いできた。

妻女の亡骸《なきがら》は、蔵人介の肩から戸板に移される。

あらためて、四肢《しし》の長いおなごだとわかった。

「……み、美晴、美晴よ」

羽生田は声を震わせ、亡骸に抱きつく。

戸板はかたむき、亡骸はなかば落ちかけた恰好《かっこう》で運ばれていった。

羽生田もいっしょに居なくなり、蔵人介は門前に取りのこされる。

身に着けたものは血だらけで、懐中には女手形が残されていた。

「詮方あるまい」

門を潜ると、羽生田が泣き腫らした目でやってくる。

「ご無礼つかまつった。そこもとは」

ましてござる」

「本丸御膳奉行の矢背蔵人介にござる。たまさか惨状に行きあい、ご妻女を看取りましてござる」

「ひょっとして、下手人を」

「みておりませぬ。おそらく、誰ひとり。ゆえに、辻斬りと決めつけるのは早計かと」

「承知しており申す。妻は鞍馬流《くらまりゅう》の免状持ちゆえ、辻斬りごときにやられるはずはござらぬ。何らかの意図をもって、妻の命を狙った者の仕業にござろう」

「何らかの意図。もしや、下手人の目星《めぼし》がついておられるとか」

「臆測《おくそく》にすぎぬ」

「じつは、ご妻女がこれを所持しておられました」

蔵人介は懐中から、女手形を抜きだした。

「ん、道中手形か」

羽生田は驚くとともに、何事かを察したように黙りこむ。

「ご妻女が願いでておられたこと、ご存じありませなんだか」

「……し、知らなんだ」

羽生田はことばを濁《にご》し、女手形に目を落とす。

蔵人介はじっと様子を窺い、ことばを継いだ。

「ご妻女はいまわに『譲に逢いたい』と仰いました。ご遺言にござる」

「……ゆ、譲に」

羽生田は惚けた顔になり、目を宙に泳がせた。

あきらかに、様子がおかしい。

「羽生田さま、どうかなされたか」

「あ、いや。矢背どの、この御礼はあらためて」

「お気遣いなきよう」

蔵人介は一礼して背を向ける。

羽生田にわずかな逡巡があった。

「矢背どの、お待ちを」

「何か」

「手形と遺言のこと、他言無用《たごんむよう》に願えぬか」

「はあ」

「頼む。このとおりじゃ」

羽生田は土下座でもしかねない態度で懇願《こんがん》する。

蔵人介は曖昧にうなずき、秘匿《ひとく》する旨を約束させられた。

二

弥生《やよい》六日。

大塩平八郎の乱が影響したのか、品川《しながわ》など三宿に幕府の手でお救い小屋が築かれた。

ただ、そんなものは焼け石に水のごとき施策にすぎず、庶民の暮らしはいっこうに好転する気配すらなく、市中では盗みや殺しといった禍々《まがまが》しい出来事が頻発している。

「ふえい、ふえい」

鐵太郎《てつたろう》の素振りは、日ごとに鋭さを増していた。

手ほどきをしているのは、祖母の志乃だ。

「甘い。振りが甘《あも》うござるぞ、鐵太郎どの」

志乃は白い胴着を颯爽《さっそう》と着こなし、みずから竹刀を振ってみせる。

薙刀で鍛えた足腰の強靭《きょうじん》さゆえか、剣術の形もじつに見事なものだ。

「鐵太郎、こうじゃ。ぬえい、ぬひょう」

「はい」

「頭で考えなさるな。からだにおぼえさせよ」

「はい」

「気合いを掛けよ。あと百回」

「はい」

歯を食いしばって汗を散らすわが子にたいし、母の幸恵は廊下の端から目を細めている。小笠原流弓術を修めている女武芸者だけあって、厳しい稽古にのぞむわが子を甘やかしたりはしない。

むしろ、甘いのは蔵人介のほうだ。

裏の役目を継いだおのれの轍《てつ》を踏ませたくないおもいがある。

そのせいか、試練に立ちむかおうとするわが子に憐憫《れんびん》の目を向けてしまう。

——それでも父親か。

志乃はすぐさま見破り、竹刀で面を決めるようにびしっと活《かつ》を入れてくる。

いつにも増して厳しい稽古をつけたあと、蔵人介は志乃から仏間に来るように命じられた。

「ふえい、ふえい」

鐵太郎は裸足《はだし》で庭に立ち、ひとりで素振りを繰りかえす。

気合いを入れながらも、こちらの様子を不安げに窺っていた。

仏間に呼ばれるときは叱責《しっせき》されることが多いので、子どもながらに父のことを案じてくれているのだ。

健気《けなげ》で良い息子だが、優しすぎる性分が仇《あだ》になりそうだなと、蔵人介は懸念した。

表の役目は仕方ないにしても、やはり、裏の役目はつとまるまい。

つとまらぬとわかればあきらめもつくので、かえってそのほうがよかった。

しばらくして仏間におもむくと、志乃は地味な色味の袷《あわせ》に着替えていた。

油の焦げる不快な臭いがしたので、おもわず顔をしかめる。

「鯨油《げいゆ》にかえたのじゃ。菜種油《なたね》を買うほどの贅沢《ぜいたく》ができぬゆえな」

お上《かみ》から頂戴する禄米が少ないので、志乃は節約を心懸けている。

慣れっこになった皮肉だが、いつもより迫力を欠いていた。

「養母上《ははうえ》、どうかなされましたか」

「まあ、お座りなさい」

志乃は宙に目を遊ばせ、ほっと溜息を吐く。

「これも因果《いんが》じゃな」

「何がでございます」

「羽生田美晴というおなごを看取ったのか」

「どうしてそれを」

「両手を斬られて亡くなった妻女の噂なら、江戸じゅうに知れわたっておるわ。美晴どのはいささか存じおる者でな、十数年前に京から江戸へやってきた気立てのしっかりした娘じゃった」

「驚きました。養母上のお知りあいであったとは」

「江戸へ来られた当初は右も左もわからぬありさまでな、わたくしを頼ってわざわざ訪ねてきてくれたのじゃ。近頃はとんとご無沙汰しておったが、まさか、このような死に方をしようとはおもいもよらなんだ。まこと、哀れで仕方ない」

「養母上、仰せのとおり、何やら因縁めいておりますな。拙者は美晴どのを看取るべくして看取ったのかもしれませぬ」

「そうであろうとも。美晴どのは近衛《このえ》家に仕える侍従《じじゅう》の娘での、矢背家を育《はぐく》んだ洛北の八瀬とも浅からぬ因縁がある」

五摂家《せっけ》筆頭の近衛家は江戸幕府開闢以前から、京の洛北にある八瀬村の禁裏御《ご》料《りょう》における諸役を仕切ってきた。

たとえば、村方《むらかた》の交替などがあれば、今も近衛家に届け出なければならない。八瀬の村人は租税も課役も免除されているが、都で売る柴《しば》や薪《たきぎ》を近衛家には只《ただ》で進呈する。一方、近衛家の人々も八瀬の山里を気軽に訪れ、かならず大きな陶製の窯《かま》風呂《ぶろ》にはいっていく。

「八瀬村と近衛家の結びつきを強いものにしたのは、関白太政《だじょう》大臣の近衛基熙《もとひろ》さまにござります」

今から百三十年ほど前、第五代将軍綱吉《つなよし》から第六代将軍家宣《いえのぶ》へ代替わりする宝永《ほうえい》年間初頭のはなしだ。八瀬村は比叡山延暦寺とのあいだで山の境界線を巡って争っていた。延暦寺から寺領内の山林伐採《ばっさい》を禁じる旨の要求をつきつけられたのだ。

幕府が調停しかねているなか、ひと肌脱いだ人物こそが近衛基熙であった。

新将軍家宣の正妻は基熙の娘熙子《ひろこ》であり、近衛家は朝廷と幕府の橋渡し役を演じていたため、時の老中秋元但馬守喬知《あきもとたじまのかみたかとも》から延暦寺側へ和解を促す通達書を出させるのは造作《ぞうさ》もなかった。

「狭い山里に生きる八瀬の人々にとって、延暦寺の結界《けっかい》内で柴や薪を採ることが禁じられるのは死ねと命じられるに等しい」

したがって、和解によって山林伐採の権利は失っても、新たな農耕地と租税および課役の免除を保証されたのはありがたいことだった。

「八瀬の人々は争いを公正に裁いていただいた秋元さまに感謝し、村の天満宮に秋元さまを祀《まつ》った祠《ほこら》を築きました。もちろん、すべては太政大臣であらせられた基煕さまのご尽力があってのこと。それゆえ、近衛家に縁ある者たちに災いが降りかかったときは、八瀬の民が黙ってはおりませぬ」

八瀬の血を引く志乃としても、このたびの凶事を見過ごすわけにはいかぬという。

「美晴どのはいったいなぜ、誰の手によって殺められたのか。それを突きとめることはお役目以上にたいせつなことです」

「養母上、拙者にどうしろと」

「一刻も早く下手人をみつけだし、わたくしに教えなさい」

「下手人が判明したあかつきには、どうなさるおつもりで」

「知れたこと。この手で成敗《せいばい》いたすのじゃ」

「養母上、血縁でもない者の仇討ちはみとめられませぬぞ。相手が誰であれ、手を下せば重罪は免れますまい」

「ほほほ、間抜けたことを申すな。公儀にみつからねばよいのじゃ。公儀の役人なぞ、腑抜《ふぬ》けばかりであろう。きゃつらに気づかれぬよう、秘密裡に事を運べばよい」

「それでは、暗殺になります」

「暗殺はならぬと申すのか」

じっとみつめられ、蔵人介は目を逸らす。

こうしたとき、志乃は先代から引き継いだ暗殺御用のことを知っているのではないかと疑ってしまう。

「ご安心なさい。養子どのを頼ってなどおりませぬゆえな。裏のからくりを調べていただければそれでよい。後始末はわたくしがやります」

冷徹に言いはなたれると、かえって怖ろしくなる。

志乃は膝を乗りだし、小首をかしげた。

「ところで、美晴どのはいまわに何か喋らなんだか」

「仰いました。譲に逢いたいと」

「譲」

「はい。譲なる人物に逢いにいくためかどうかわかりませぬが、女手形を携えておりました」

「女手形。すると、旅に出るおつもりだったのか」

「そう言えば、行き先は京のようでござりました」

「なるほど」

「何か、おもいあたる節でも」

「美晴どのに教えてもらったことがある。十数年前に京で不幸に見舞われ、逃れるように江戸へ出てまいった。生きていても詮無《せんな》い身であったが、縁あって羽生田家の後妻に入れてもらったとな」

「生きていても詮無い身でござりますか」

何かよほどのことがあったのだろうが、志乃は詳しいはなしを聞いていなかった。

「美晴どのは、おいくつだったのでしょう」

「三十三の厄年じゃ」

「すると、二十歳そこそこで不幸に見舞われたのですな」

「腹を痛めた子に関わることやもしれぬ。京を捨てる四、五年前のはなしじゃ。美晴どのは禁《きん》を犯し、八瀬の男と良い仲になったのじゃ」

「げっ、まことにござりますか」

「風の噂に子を孕《はら》んだとも聞いた。ひょっとしたら、その子が譲なのかもしれぬ」

志乃の勘は鋭い。

おそらく、そうであろうと、蔵人介はおもった。

何らかの不幸な事情で、母と子は生き別れになった。

十数年経って再会の目途が立ち、美晴は江戸を離れようとした。

その矢先、何者かの悪意によって死なねばならなかったのかもしれぬ。

妙なのは、夫の羽生田秀典が美晴から何も聞かされていなかったことだ。

聞かされていないにもかかわらず、女手形を手渡したら息を呑んでいた。しかも、譲のことも知っているようだった。

美晴が血の涙を流したことを告げようか告げまいか、蔵人介は迷った。

無論、志乃に命じられずとも、乗りかかった船から降りる気は毛頭ない。

蔵人介が暇《いとま》を告げると、志乃はめずらしく「茶でも点《た》てて進ぜよう」と優しげに言った。

三

大塩党の乱から半月経ち、幕閣にもようやく事の経緯が伝わってきた。

ただし、内容は乱を半日で収束させた大坂町奉行跡部山城守の手腕を高く評価するもので、町の二割が焦土と化した惨状や逃げのびた大塩平八郎がいまだ捕縛にいたっていない不手際などは隠蔽《いんぺい》された。

将軍家斉の耳にも肝心なことは届いていない。

すべては、老中水野越前守の指図《さしず》によるものだった。

みずからの立場を盤石《ばんじゃく》なものとするためには、実弟の跡部山城守にどうしても手柄を立てさせねばならない。野心旺盛な為政者の思惑によって、大塩たちの尊い志は地に貶《おとし》められようとしていた。

いずれにしろ、町奉行所内部から発せられた幕府への警鐘《けいしょう》は幕閣のお偉方たちに言い知れぬ不安と焦りをもたらしたのは確かで、家斉は本丸に漂う重い空気を嫌ってか、ついに西ノ丸への隠居を決意した。

五十年におよぶ家斉の天下に、ついに終止符が打たれる。

世嗣家慶を守《も》りたててきた西ノ丸の重臣たちは、喜びを隠しきれない様子だった。

将軍の交替はもちろん、蔵人介にとっても無関心ではいられない大きな出来事だ。

本丸の鬼役として居残るのかどうか。西ノ丸の鬼役ならいざ知らず、まったく畑違いの役目へ移されることもあり得る。甲府勤番《こうふきんばん》へ「山流し」にされるならまだしも、人減らしの煽《あお》りを食って禄を失う怖れも否定できない。

城に巣くう蟻《あり》のごとき役人たちは、戦々恐々としながら事態の行方に固唾《かたず》を呑み、鵜《う》の目鷹《たか》の目で縋《すが》るべき寄る辺《べ》を探している。

蔵人介はそうした情けない連中に背を向け、羽生田美晴殺しを追っていた。

誰の思惑で殺められたにせよ、女手形と関わりがあるのはまちがいない。

まずは当日の足取りを追うべく、串部とも手分けして手懸《てが》かりを探った。

惨事から三日目の午後、蔵人介は浮かばれぬ霊を慰めに逢坂へ向かった。

道端に咲いた蓮華草《れんげそう》を摘み、美晴を看取った坂下まで下りていく。

堀兼の井のそばには、線香の煙がゆらゆらと立ちのぼっていた。

手向《たむ》けの花と茶碗酒も置いてある。

近所の人たちが弔ってくれたのだろう。

蔵人介は神妙な面持《おもも》ちで近づき、薄紅色の蓮華草を手向けた。

「あの……」

かぼそい声に振りむけば、十三、四の娘が立っている。

香りの良い黄水仙《きずいせん》を手にしていた。

美晴に縁のある娘であろうか。

「……奥方さまとご縁のあるお方であられますか」

意志の強そうな目でみつめられ、蔵人介はにっこり笑いかえす。

「さよう。わしはここで美晴どのを看取った」

「まことにござりますか」

「ああ。養母が美晴どのと懇意にしておったようでな、浅からぬ因縁を感じてご冥《めい》福《ふく》を祈りにまいった。おぬしはもしや、美晴どのに従いておった娘か」

「みつと申します。奥方さまには、たいへんお世話になりました」

木母寺《もくぼじ》のさきの隅田村《すだむら》で植木を営む百姓の娘だという。

凶事に遭った日から暇を出されていたが、居ても立ってもいられず、香華《こうげ》を手向けにきたのだ。

おみつは黄水仙を蓮華草の隣に置き、じっと祈りを捧げた。

さめざめとひとしきり泣いたあと、しんみり語りはじめる。

「奥方さまはわたしに、逢坂の悲恋話をしてくださいました」

「ほう、逢坂の」

むかし、大和国《やまとのくに》に都があったころ、武蔵守《むさしのかみ》となって赴任した小野美作吾《おのみさご》がさねかずらという美しい娘と相思相愛《そうしそうあい》の仲になった。しばらくして小野美作吾は都に戻され、病で亡くなってしまう。ところが、さねかづらのみた夢に小野美作吾があらわれ、ふたりは思い出の坂で邂逅《かいこう》を果たす。

ゆえに「逢坂」と名付けられた坂の下で、美晴は血の涙を流しながら死んでいった。

おみつはよほど気に入られていたらしく、どこへ行くにもかならず連れていってもらったという。用事の使いも頼まれていたので、美晴が当主の羽生田秀典に内緒で道中手形を欲しがっていたことも知っていた。

「今からひと月ほどまえ、京の都から奥方さま宛てに早飛脚《はやびきやく》がまいりました。ご様子が変わられたのは、早飛脚から文を受けとられてからのことです。一刻も早く京へ旅立たねばとひとりごとのように仰り、道中手形を入手する手蔓《てづる》を探っておいででした」

美晴は旅立たねばならぬ理由をはなすかわりに、木母寺の梅若《うめわか》伝説に寄せるおもいを告げたという。

「梅若伝説か」

今から約九百年前の説話だ。

梅若丸という十二の貴公子が京で人買いにさらわれて奥州《おうしゆう》に下る途中、隅田堤で病死した。一年後に訪れた母御前《ははごぜ》は息子の最期を知って悲しみに暮れ、梅若丸が亡くなった場所に庵《いおり》を築いて弔ったものの、悲しみが癒えずに狂女となり、入水《じゅすい》してしまった。

のちに『隅田川』という謡曲《ようきょく》にもなった悲しい説話を、江戸で知らぬ者はいない。

梅若丸の命日である今月十五日には木母寺で盛大な大念仏法要が催され、花見を兼ねた参詣客が大勢訪れる。

「奥方さまは、わたしが木母寺にほど近い隅田村の出であることに格別のおもいを抱いておられました。でも、どうして梅若伝説のはなしをなされたのか」

急いで京に旅立たねばならぬこととの関わりは教えてもらえなかった、とおみつはこぼす。

早飛脚の到来から数日後、女手形を入手する手蔓となる人物がみつかった。

西ノ丸留守居配下の小役人で姓名は玉山文悟《たまやまぶんご》、夫の秀典とも知らぬ仲ではなく、美晴も以前からの顔見知りだった。狡猾《ずるがしこ》そうな狐顔の玉山が自分に好意を持っているのはわかっていたが、背に腹は替えられず内密に相談を持ちかけたところ、とある茶会への出席を打診された。

「茶会か」

「はい。梅見の茶会にござります」

おみつはそう言って、背後の庾嶺坂を振りむいた。

「坂上にある大きな御屋敷の御庭で催されました」

夫の羽生田秀典もともに招じられ、おみつは門前までお供した。

それから半月ほど経ち、公儀のしかるべき筋から内々に連絡《つなぎ》があった。

望んでいた女手形を発行するので、茶会を催した旗本屋敷まで「面通しに来い」

と命じられたのだ。

「凶事のあった日にござります」

美晴は渡り中間《ちゅうげん》とおみつを伴い、庾嶺坂の旗本屋敷へ向かった。

屋敷の主は大迫石見守氏勝、職禄二千石の西ノ丸留守居にほかならない。

「なるほど、そうであったか」

蔵人介は血塗れの女手形を頭に浮かべた。

女手形は「御留守居証文《しょうもん》」とも呼ぶ。

判然としなかった発行人の欄には、大迫石見守の姓名が記されてあったのだ。

「それにしても、妙だな」

女手形の発行はたしかに西ノ丸留守居の役目だが、面通しのために自邸へ呼びつけるのはどう考えてもおかしい。

美晴自身も妙だと感じたのか、おみつに「半刻経っても戻らぬときは助けを呼ぶように」と申しつけていた。

半刻経っても、美晴は屋敷から出てこなかった。

おみつは命じられたとおり、渡り中間をさきに走らせ、みずからも番町の羽生田邸まで駆けた。後ろ髪を引かれるおもいだったという。

美晴は入れちがいに、女手形を携えて屋敷から出てきた。

ところが、不幸が待っていた。

何者かに襲われて両手を断たれ、逢坂の坂下でことされたのだ。

おみつにとって幸運だったのは、凄惨な場面に遭遇しなかったことかもしれない。

「奥方さまが変わりはてたすがたでお屋敷に戻られたあと、お殿様はわたしをひどくお叱りになり、奥方さまが女手形を入手しようとした経緯を何度もお尋ねになりました」

「すまぬ。わしのせいだ。わしが羽生田さまに女手形を手渡さねば、おぬしは嫌なおもいをせずに済んだ」

「それは仕方のないことにござります」

おみつは当主の問いにたいし、知らぬ存ぜぬの一点張りを貫いた。

「なぜ、正直に言わなんだ」

「奥方さまはきっと、望んでおられぬとおもいました」

それだけではない、とおみつは正直な気持ちを教えてくれた。

小心者の当主秀典が仇を討ってくれることは期待できず、余計なことを喋れば逆しまに命が危ういと感じたからだという。

合点《がてん》がいった。

血塗れの女手形をみせたとき、羽生田秀典は驚くとともに何事かを察したように黙りこんだ。

あのとき、大迫石見守が凶事に関わっていると察したのだ。

石見守はただの留守居ではない。世嗣家慶の傅役《もり》でもあり、幕閣や大奥からも一目置かれている。蔵人介が成敗した西ノ丸目付の佐島十郎左衛門を裏で操った人物とも目されていた。

羽生田秀典にとって、西ノ丸に君臨する石見守は正面切って逆らえる相手ではない。

妻女を殺めた下手人を追及するよりも、妻女に降りかかった不幸を封印したほうが利口だと、咄嗟に考えたのだ。

秀典の発した「他言無用に願えぬか」ということばの意味が、蔵人介にはわかったような気がした。

もちろん、大迫石見守が美晴を不幸に陥らせた証拠は何ひとつない。

今の段階では、死にいたらしめた理由もはっきりしない。

だが、羽生田秀典が石見守に疑いを抱いたことは確かだ。

「あやつめ」

疑いを抱いたにもかかわらず、何もしないつもりなのだろうか。

妻女が死にいたった経緯も調べず、保身に走るのだとしたら、その罪は重い。

「閻魔大王も見逃されまい」

蔵人介は溜息まじりに吐きすてた。

おみつはその場にぺたんと座り、地べたに両手をつく。

「どうか、どうかお願いいたします。閻魔さまに裁いていただけますよう、奥方さまの仇を討っていただけませぬか」

ほかに頼る者もなく、素姓の知れぬ相手に両手をつくしかない。

地べたに額を擦りつける娘のことが、不憫《ふびん》におもわれてならなかった。

四

庭の辛夷《こぶし》が満開になった。

洒落ではないが「古武士《こぶし》」に通じるので、反骨魂《はんこつだましい》を失わぬ戒めとして庭に植えた。

田打《たう》ちの季節に咲く花なので、辛夷には田打桜の別称もある。

今や山里の彼岸桜は散りかけ、上野《うえの》山の染井吉野《そめいよしの》は五分咲きとなった。

凶事から五日目の夕刻、串部が妙なものを手にして庭にあらわれた。

「これが何かおわかりになりますかね」

牛蒡《ごぼう》を二寸ほどに切って黒焼きにしたような代物《しろもの》だ。

それを包み紙ごと濡れ縁に置き、意味ありげに笑う。

「おなご衆にはおみせできぬものでござる」

串部はそう言い、家の奥を覗きこむ。

「養母上《ははうえ》も幸恵も夕餉の買いだしで留守にしておる」

「ほ、そのようで。されば、ご説明いたしましょう。これは海狗腎《かいくじん》と申す膃肭臍《おっとせい》のいちもつ、腎張《じんば》りに効果覿面《てきめん》の妙薬にござります。唐渡りの貴重な薬種ゆえ、朝《ちょう》鮮人参《せんにんじん》に匹敵するほど値が張りますぞ」

膃肭臍は冬場なら、銚子《ちょうし》沖にも回遊している。強い雄が何十頭もの雌を占有する習性から、雄の陰茎《いんけい》や睾丸《こうがん》は精力剤として珍重《ちんちょう》されていた。日本橋大路《にほんばしおおじ》に軒を並べる薬種問屋でも、膃肭臍の陰茎を粉末にして丸薬に煉《ね》ったものを「たけり丸」などと称して高値で売っている。

「殿への手土産ではござりませぬぞ。これを日本橋の薬種問屋から大量に仕入れている御仁《ごじん》がおりましてな。驚くなかれ、大迫石見守にござります」

「ほう」

「かの御仁、還暦を疾《と》うに過ぎておるにもかかわらず、凄まじいほどの腎張りらしく、薬種問屋の仲間内ではそれこそ『たけり丸』と綽名《あだな》されております。ぐふふ、女手形の発行人はとんでもない色狂いなのでござるよ」

串部は蟹《かに》のようなからだを揺すり、げへへと下品に笑う。

そして、真剣な眼差《まなざ》しになった。

「三月ほどまえ、とある雄藩《ゆうはん》に仕える重臣の娘が国許へ帰らねばならぬ急用ができましてな。女手形を入手すべく『庾嶺坂のお屋敷まで面通しに行く』と家人に言いのこし、随行した中間ともどもすがたを消してしまいました」

「庾嶺坂への面通し。美晴どのと似通っておるな」

「娘は神隠しに遭ったのだろうと、家人はなかばあきらめておりまする。家中でも色白美人と評判の娘だったそうで。丈は五尺七寸もあったとか」

五尺七寸とは言わぬまでも、美晴も大柄で色白の美人だった。

「しかもその娘、富士額で目許に泣きぼくろがござりました」

「何だと」

美晴と容貌の特徴も似ている。

串部は顔を寄せ、にやりと笑った。

「その娘も、石見守の茶会に顔を出したことがござりました。丈が高いだけに目立ったにちがいない」

「石見守に見初《みそ》められたと申すのか」

「『たけり丸』と綽名されるほどの色狂いならば、あり得ぬはなしではござらぬ」

女手形の交付を餌に屋敷へ呼びだし、石見守は美晴を手込めにしようとした。

だが、鞍馬流の免状を持つほどの美晴ならば、うかうかと誘いには乗るまい。

石見守が拒まれた腹いせに報復したのだとすれば、その非道を見過ごすことはできない。

もちろん、確乎《かっこ》とした証拠があるわけではなかった。

斬殺の確証を得るには、石見守に近づく必要がある。

「明日、石見守の呼びかけで花見の茶会が催されます」

「それだ。串部よ、茶会に参じる手だては」

「上野山での茶会ゆえ、紛《まぎ》れこむのは容易かと」

自慢げに胸を張る串部の背後に、いつのまに戻ったのか、幸恵が足音を忍ばせながら近づいてきた。

「あっ、お帰りなさい」

串部は慌てた。

幸恵は海狗腎を目敏《めざと》くみつけ、さりげなく問うてくる。

「串部どの、それは何ですか」

「えっ、これでござるか」

「何やら生薬《しょうやく》の匂いがいたしますが」

「若奥様、これは不老長寿《ふろうちょうじゅ》の秘薬にござります」

串部は物知り顔で応じつつ、横を向いて舌を出す。

幸恵は大胆にも手を伸ばし、海狗腎を摘《つま》んでみせた。

「あっ」

蔵人介と串部が驚くのを尻目に、不敵な笑みを浮かべる。

「不老長寿のお薬ならば、義母上《ははうえ》がきっとお喜びになられましょう」

串部は慌てて、幸恵から海狗腎を奪いかえす。

「高価な薬ゆえ、めったなことでは差しあげられませぬ」

「串部どのにしては、めずらしいほどのうろたえようじゃ。そこまで申すなら、なおさら後には引けぬ。お薬を寄こしなされ」

押し問答をするふたりから目を逸らし、蔵人介は大迫石見守に近づく方策を練りはじめた。

五

弥生十日、上野山。

――上野の桜は静かに愛でよ

公儀のお触れにもあるとおり、酒や鳴り物を持ちこめば厳《いか》めしい山同心《やまどうしん》が十手片手に飛んでくる。

もちろん、茶会であれば文句を言う者はいない。

西ノ丸留守居大迫石見守の催す茶会には、着飾った武家娘ばかりか大奥《おおおく》の御殿女中《ごてんじょちゅう》たちも集まり、深紅の毛氈《もうせん》が敷きつめられた茶席は五分咲きの桜を補って余りあるだけの華やかさに包まれていた。

茶席には客がめいめいに座り、主人の点てた茶を楽しんでいる。

なかでも、ひときわ大きな桜の木を背にした一角には、西ノ丸派と呼ばれる大奥の勢力が固まっていた。

西ノ丸派とは、新将軍となる家慶の生母お楽《らく》の方、家慶の世嗣政之助《せいのすけ》の生母お美津《みつ》の方を中心とする勢力のことだが、さすがにふたりの大物はいない。着飾った代わりの御年寄《おとしより》たちを中心にして、髪を椎茸髱《しいたけたぼ》に結って矢羽《やばね》柄の着物を纏《まと》った部屋方のお端下《はした》たちがずらりと控えている。

表向きは品よく微笑んでいる御殿女中たちも、裏にまわれば熾烈《しれつ》な権力争いを繰りひろげていた。次々期将軍はすでに政之助できまっているものの、病弱なためにいつ不幸に見舞われるともかぎらず、幕府としても二番目、三番目の後継を立てておかねばならない。

たとえば、将軍家斉の娘溶姫《ようひめ》などは加賀前田家《かがまえだ》に嫁いで男児をもうけていた。犬千代丸《いぬちよまる》と名付けられたその子を次々期将軍に推す動きもある。溶姫の実母お美代《みよ》の方が、側室《そくしつ》であるにもかかわらず、家斉の寵愛《ちょうあい》を後《うし》ろ盾に暗躍しているのだ。さまざまな思惑を煌びやかな着物の内に隠しつつ、女たちは権力の向かうさきに神経を尖《とが》らせていた。

腹黒い御殿女中たちに囲まれて、ゆったりと脇息《きょうそく》にもたれた人物がいる。

大きな頭と長い顎をみれば、家慶であることは一目瞭然だった。

いよいよ将軍の座に就く殿様が、お忍びであらわれたのだ。

周囲には警護の者たちが目を光らせている。

家慶のかたわらには、石見守がご満悦《まんえつ》の顔で侍っていた。

「ぬふふ、公方様《くぼう》。本日はお日柄《ひがら》もよく、茶会にふさわしい好日《こうじつ》にござりまする」

「ふん」

家慶は「公方様」と呼ばれ、まんざらでもない様子だ。

茶会には市井からも小町娘たちが招じられていたので、さきほどから鼻の下を伸ばしっぱなしにしている。隣の毛氈に座る御年寄がお付きの女中にそっと指図しているところから推せば、家慶の新たな側室候補を見出《みいだ》す機会も兼ねているらしい。町娘らの父親とおぼしき商人たちも貢ぎ物を携え、茶席を遠巻きにしている。蔵人介は串部と末席の目立たぬところに座り、一部始終を眺めていた。

小役人に金を包み、まんまと客に紛れこむことができたのだ。

小役人とは、石見守の太鼓持ちでもある玉山文悟のことだ。

ともあれ、腹にいちもつ抱えた連中ばかりが集《つど》っている。

茶会は半刻ほどつづき、やがて、家慶は欠伸《あくび》をしはじめた。

蔵人介が注目したのは、新将軍のそばに侍る四角い顔の裃侍だ。

登城の際によく見掛ける顔だし、神道無念流《しんとうむねんりゅう》の猛者《もさ》であることも知っている。

姓名は武藤平内《むとうへいない》、西ノ丸の鬼役にほかならない。

毛氈に座す者は大小の携行を許されておらず、武藤は刀の代わりに一尺ほどの鼻《はな》捩《ねじ》を帯に差していた。鼻捩とは暴れ馬をおとなしくさせる厩《うまや》道具で、暴漢を黙らせるだけの威力はある。毒味だけでなく、警護も兼ねているのだろう。

家慶は何やら不機嫌そうだ。

大好物の酒がないからだなと、蔵人介は察した。

石見守も承知しており、ぱんぱんと柏手を打つ。

それを合図に使いの小姓が走り、しばらくすると物陰で待ちかまえていた力士《りきし》たちが酒樽《さかだる》を担いでやってきた。

力士のなかには「武蔵野《むさしの》」と呼ぶ大盃を抱えてくる者もいる。

毛氈に座る客たちは唖然《あぜん》としたが、家慶は心から嬉しそうだ。

「はてさて、これより無礼講《ぶれいこう》の呑みくらべ、酒合戦をおこない申す」

狐顔の玉山文悟が、幇間《ほうかん》よろしく口上を述べたてる。

茶会の席にもかかわらず、石見守はとんでもない趣向《しゅこう》を用意していた。

武藤平内の座す毛氈にも酒樽が置かれ、将軍に献上する酒がさっそく出される。

注《つ》がれた酒を武藤は馴れた仕種で毒味し、毒味を済ませた酒は燗《かん》にして家慶のもとへ運ばれていった。

「御酒《ごしゅ》は灘《なだ》の下りもの。荒波に揉《も》まれて運ばれし富士見酒にござ候《そうろう》」

家慶が盃をひと息に干すや、御殿女中たちの喝采《かっさい》が沸きおこる。

相手が新将軍になる人ならば、山同心たちも黙って見過ごすしかなかろう。

町娘たちはいつのまにか居なくなり、茶会は酒宴になりかわった。

「ぬはは、石見守よ。余興《よきょう》じゃ、余興じゃ」

「承《うけたまわ》ってござりまする」

調子に乗った石見守は大盃の「武蔵野」を毛氈に持ちこみ、小姓たちに命じて冷や酒をどぼどぼ注がせた。

「三升はあろう。どうじゃ、挑む者はおらぬか」

力士たちがわれさきに手をあげ、大盃を口にするや、つぎつぎに脱落していく。

「ふん、情けないやつらめ」

「公方様、恐れながら、野見《のみ》つくさぬと呑みつくさぬを掛けたのが武蔵野の大盃にござりまする。武蔵野を呑みほした者には、是非とも公方様直々に褒美《ほうび》を取らせ願いあげたてまつりたく」

「よし、時服《じふく》と米十俵を取らす」

それを聞いて、ひときわ大きな力士が立ちあがった。

「恐れながら、拙者にお任せあれ」

石見守が面を紅潮させる。

「おお、ほほほ、紫電権之丞《しでんごんのじょう》か。公方様、雷電為右衛門《らいでんためえもん》の再来と噂される東の関《せき》脇《わけ》にござりまする」

「ふうん」

雷電並に丈《たけ》で六尺五寸、重さで四十五貫目はありそうだ。

紫電が家慶の面前に座すと、大盃に三升の酒が注がれた。

「されば、ご無礼つかまつる」

開口一番、小姓たちの手も借りずに大盃を持ちあげ、縁《ふち》に口をつけるや、徐々にかたむけていく。

ごくんごくんと喉が鳴り、周囲の人々は息を詰めて見守った。

紫電は苦しみながらも呑みきり、空になった大盃を逆さにしてみせる。

「ぬはっ、ようやった。褒美を取らす」

家慶は扇を振って叫び、小姓に時服を持ってこさせた。

「近《ちこ》う寄れ」

命じられて、紫電はのっそり立ちあがる。

立ちあがった途端、巨体をふらつかせた。

どうにか踏みとどまったが、目は据わっている。

「ぐはっ」

紫電は太い二の腕を振りあげた。

遠目《とおめ》ながらも「危うい」と、蔵人介は察した。

刹那、紫電の背後に人影が近づいた。

武藤平内だ。
真横から矢を放つような片手打ちで、鼻捩を後頭に叩きつける。
「ぬおっ」
振りむいた紫電は唸《うな》りをあげ、丸太のような両腕を振りおろす。
まるで、羆《ひぐま》のようだ。
武藤はすかさず、懐中深く身を寄せる。
霞《かすみ》の構えだ。
「ぬりゃっ」
鼻捩を横一《よこいち》に持ちかえ、さっと頭上に振りあげた。
——ばきっ。
鈍い音とともに、紫電がその場に蹲《うずくま》る。
振りおろした勢いのままに、両腕を折られたのだ。
真剣ならば、輪切りにされている。
蔵人介は、はっと息を呑んだ。
「神道無念流の双手刈り」
両腕を失った美晴のすがたが、忽然《こつぜん》と蘇《よみがえ》ってくる。

白目《しろめ》を剝いた紫電は戸板に載せられ、小姓たちに運びさられた。

鼻白《はなじら》んだ空気が流れるなか、石見守が腹を揺すって呵々《かか》と嗤いだす。

「ぬかか、これも余興のうちじゃ。さあ、武蔵野を呑みほす者はほかにおらぬか。力士でなくともよいぞ。われこそはとおもう者は進みでよ」

進みでる者など、ひとりもいない。

武藤が片膝をつき、石見守に頭《こうべ》を垂《た》れた。

「されば、拙者が」

「おう、平内か」

「石見守さま、恐れながら妙案がひとつ」

「何じゃ、言うてみい」

「は」

武藤は首を捻り、こちらを指差した。

「あれに、本丸の鬼役がおりまする」

「何じゃと、まことか」

「は。あの者は矢背蔵人介にござります。噂では鉄の胃袋を持つ御仁とか」

「なるほど、本丸と西ノ丸の鬼役同士で呑みくらべをしようと申すのだな」

「許す」

「公方様、いかがにござりましょう。おもしろい趣向かと存じまするが」

「いかにも」

「へへえ」

蔵人介は拒む余裕も与えられず、家慶の面前に召しだされた。

このようなかたちで目見得を果たすとはおもわなかった。

が、面食らっている暇はない。

石見守が太鼓腹を突きだし、偉そうに発する。

「矢背とやら、御前なるぞ。頭《ず》が高い」

「はは」

蔵人介は命じられたとおり、平蜘蛛のように平伏する。

石見守が素早く近づき、閉じた扇子で肩を叩いてきた。

「公方様に余興をおみせできるのじゃ。生涯に一度あるかなきかの幸運ぞ」

冗談ではない。その場しのぎの戯《たわむ》れにつきあわねばならぬ不運を、蔵人介は心の底から呪った。

「くふふ、脅すわけではないがの、これにある武藤平内は蟒蛇《うわばみ》平内の異名《いみょう》を取る剛《ごう》の者じゃ。万が一にも、おぬしに勝ち目はあるまい。されど、おぬしにも本丸に仕える者の面目があろう。死ぬ気で呑め。されば、負けても褒《ほ》めてつかわす」

大盃「武蔵野」がふたつ並べられた。

小姓たちが四人がかりで酒を注ぐ。

蔵人介は溜息を吐いた。

三升を軽く超えているではないか。

裃を肩外しに脱ぎ、大盃に向かって正座する。

鼻先には家慶の間の抜けた長い顔があった。

奥女中や小姓たちは固唾《かたず》を呑んでいる。

「されば、はじめい」

石見守が大声を張りあげた。

小姓たちも手伝い、大盃を持ちあげる。

縁に口を付け、ゆっくりかたむけた。

「ん、ん、ん」

息継ぎもせず、どんどん流しこむ。

胃袋が音を起《た》てはじめた。

それでも、途中で止めない。
止めれば、つづかないのはわかっている。
酒は減りつづけ、小姓の手助けもいらなくなった。
蔵人介はひとりで大盃を抱え、空を仰ぐほどかたむけていく。
やんやの喝采が耳に聞こえ、やがて、水を打ったような静けさにかわった。
蔵人介は大盃を呑みほし、逆さにして毛氈のうえに置く。
ほぼ同時に、武藤も大盃を逆さに置いた。
「痛み分けじゃ」
家慶が嬉しそうに手を叩く。
すかさず、石見守が叫びあげた。
「蟒蛇平内と分けるとはな。さすが、本丸の鬼役じゃ。褒めてつかわす」
お辞儀をした途端、酒を戻しそうになった。
かたわらから、蟒蛇平内の歯軋《はぎし》りが聞こえてくる。
当然のように勝てるとおもったのだろう。
面目を失い、口惜しげに顔をゆがめている。
石見守が胸を張り、微笑みながら近づいてきた。

腰を屈めて口を近づけ、耳許に囁きかけてくる。

「本丸の鬼役づれが。図に乗るでないぞ」

蔵人介の脳裏に、血の涙を流した美晴の顔が浮かんできた。

やはり、石見守が殺ったのだ。

子飼いの武藤平内に殺らせたにちがいない。

殺意がむっくり鎌首をもたげてくる。

「なかなか、おもしろい趣向にござりました」

蔵人介は押し殺すように吐きすて、石見守を三白眼《さんぱくがん》で睨みつけた。

六

花見の宴《うたげ》からの帰途、急に酔いがまわってきた。

頭は冴《さ》えているつもりでも、足のほうが従《つ》いていかない。

よろめく恰好がめずらしいのか、串部はけらけら笑っている。

日の入りは過ぎ、あたりは暮れかかっていた。

上野から市ヶ谷までは遠い。

主従は不忍池《しのばずのいけ》の西から無縁坂《むえんざか》をのぼり、春日局《かすがのつぼね》の菩提寺《ぼだいじ》でもある麟祥院《りんしょういん》のそばまでやってきた。

麟祥院には枸橘寺《からたちでら》の異称がある。

なるほど、蜜柑《みかん》のような芳香《ほうこう》が漂ってきた。

練塀《ねりべい》の途切れたあたりには、綺麗に刈りこんだ垣根もみえる。

そろそろ、五弁の白い花を咲かせるころだ。

芳香にまじって、獣臭が鼻をついた。

「うっ」

「殿、危ない」

串部が背後から躍《おど》りだす。

枸橘《からたち》の垣根が揺れ、大きな人影が飛びだしてくる。

咄嗟に力士の紫電かとおもったが、動きは猿に近い。

得体の知れぬ大猿が前歯を剝き、憤然と襲いかかってくる。

「なろっ」

串部は同田貫《どうたぬき》を抜いた。

鎌髭《かまひげ》だ。

地を這うような水平斬りを繰りだす。

刈ったのか。

つぎの瞬間、蔵人介は殺気を感じた。

「うっ」

頭上だ。

仰《の》けぞって見上げれば、黒雲を背にした大男が両手をひろげている。

逃れようにも、足が動かない。

金縛《かなしば》りだ。

大男は音もなく、背後に舞いおりた。

太い腕で首を抱えこまれ、万力《まんりき》のように締めつけられる。

「ぬぐっ」

息が詰まった。

「殿」

串部が叫ぶ。

「寄るでない」

重厚な声が地の底から響いてきた。

「矢背蔵人介、地獄へ堕ちるまえにひとつだけ聞いておきたい。おぬし、美晴を殺《あや》めたのか」

「……ち、ちがう」

「ちがうと申すか」

「……わ、わしではない」

「ふん、往生際《おうじょうぎわ》の悪いやつめ」

男は拳を握り、どすっと脇腹に埋めこむ。

「くっ」

息ができぬ。

「死ぬがいい」

男は拳を振りあげる。

指と指の狭間から、鈍く光るものがみえた。

寸鉄《すんてつ》だ。

掌に隠せるほど短い鉄の棒だが、使い方によっては致命傷を与える武器になる。

死にたくない一心で力を振りしぼり、膝頭《ひざがしら》で相手の股間を蹴りあげた。

「ぬぐっ」

隙を衝《つ》いて腕から逃れ、地べたを転がる。

串部が上を飛びこえ、大男に斬りつけた。

――がしっ。

受けた男の左手首には、鉄の輪が巻きつけてある。

「ずりゃ」

寸鉄を握った右の拳が、串部のこめかみを襲った。

「おっと」

避けると同時に尻餅をつき、同田貫を手から落としてしまう。

と、そこへ。

坂下から、侍の一団がやってきた。

上野山の花見から戻ってきた連中だ。

「あっ、辻強盗だぞ」

一団は叫びながら、股立《ももだ》ちを取って駆けてくる。

「ちっ」

大男は舌打ちし、裸足で地面を蹴りあげた。

二間余りも跳躍し、垣根を飛びこえていく。

追う気力は残っていない。
悪夢のような出来事だった。
「くそったれめ、何だありゃ」
串部は悪態を吐き、同田貫を拾う。
蔵人介も立ちあがり、痛めた首の後ろをさすった。
「化け物だな」
素面《しらふ》でも勝負できたかどうかはわからない。
少なくとも、膂力《りょりょく》ではかなうまい。
石見守の放った刺客であろうか。
いや、ちがう。
酒合戦を分けたくらいで狙われたら、命がいくつあっても足りぬ。
ならばいったい、誰が放った刺客なのか。
あるいは、刺客ではないのか。
どっちにしろ、殺害された美晴に関わりがあるのは確かだ。
蔵人介は糸をたぐるように、志乃のことばをおもいだした。
――美晴どのは禁を犯し、八瀬の男と良い仲になったのじゃ。

何代にもわたって天皇家直属の陸尺《ろくしやく》をつとめただけあって、八瀬の男はみな並外れた体格の持ち主だと聞いたことがあった。

「あの男、もしや洛北《らくほく》から……まさか、それはあるまい」

美晴が亡くなってから、まだ五日しか経っていない。亡くなったのを知って京を発ったとしても、二、三日で江戸へ達するはずはなかろう。仇討ちをするにしても、狙った獲物をすぐに捜しだすことなど、どうしてできようか。

「殿、何やら妙な塩梅《あんばい》になってきましたな」

呑気《のんき》を装う串部の声も、心なしか震えているように感じられてならなかった。

七

化け物はいったい何者なのか。

正体を知る手懸かりは、羽生田秀典にあると睨んだ。

美晴のことを知りたければ、まずまっさきに向かうのは伴侶《はんりよ》のところだ。

羽生田に美晴が斬殺された経緯を尋ね、怪しいとおもわれる者の素姓を聞きだそうとするはずだ。蔵人介を斬殺者に仕立てる者がいるとすれば、おもいあたるのは羽生田秀典しかいない。

なぜ、濡れ衣を着せようとするのか。

その理由を聞きだすべく、翌夕、蔵人介は串部を連れて番町の法眼坂に向かった。

寺社の境内や芥《あくた》の堆積《たいせき》する空き地には、襤褸《ぼろ》を着た連中がお救い米を求めて群がっている。幕府は救民策として二万俵の米を配給すると公言したが、そんなものは付け焼き刃の施策にすぎない。

法眼坂をのぼって羽生田屋敷に近づいてみると、何やら邸内が騒々しい。

「ひぇええ」

渡り中間が尻端折《しりはしょ》りで門から飛びだし、必死の形相で駆けてくる。

中間の背後からは、侍たちが追いかけてきた。

「待て、待たぬか」

「助けてくれ……で、でけえのに、でけえのに殺られちまう」

串部が滑るように近づき、足を引っかけた。

「ぬえっ」

中間は前のめりに倒れ、地べたに転がる。

蔵人介は身を寄せ、片手で襟を摑んだ。

「大男をみたのだな」

「……へ、へい」

「逃げたのか」

「……よ、用人たちを殺して、消えちめえやがった」

「何だと」

駆けてきた侍たちが、ようやく追いついた。

「ご無礼つかまつる。われら、中間に糾《ただ》したき儀がござる」

小鼻《こばな》を張って居丈高《いたけだか》に発するのは、玉山文悟にほかならない。

花見の茶会へ出席すべく、串部を通じて袖の下を渡した男だ。

美晴が女手形を入手するために、手蔓と頼んだ相手でもある。

玉山も蔵人介の顔を見知っていた。酒合戦を見物していたからだ。

「これは鬼役どの、いかがなされた」

玉山は頰を紅潮させ、大仰《おおぎょう》に驚いてみせる。

蔵人介は中間から離れ、ゆっくり門のほうへ歩きだした。

「何やら、惨事があったご様子」

「矢背どの、お待ちを。羽生田さまに何かご用でもおありか」

「あるからまいった」

不機嫌に応じると、玉山はぐっと胸を反《そ》らす。

「拙者が代わってお伺いいたそう」

「なにゆえ、おぬしに言わねばならぬ」

鷹のような目で睨みつけると、玉山は身を縮めた。

蔵人介は歯牙《しが》にも掛けず、羽生田邸の門を潜りぬける。

家人たちが右往左往しており、女たちは泣きくずれていた。

「ごめん」

蔵人介は検死役人のような顔で、ずんずん奥へ進んでいく。

表口の敷居《しきい》をまたぐと、土間で用人がひとり死んでいた。

刀を握っているのだが、首はあらぬほうに向いている。

串部とともに土足で廊下を進むと、同様の恰好で用人ふたりが死んでいた。

「こいつはひどい。殿、化け物の仕業にまちがいありませんな」

串部は表情を強張《こわば》らせ、同田貫の柄を握りしめる。

蔵人介は早足に進み、奥座敷へたどりついた。

「うっ」

座敷は血の海と化している。

当主の羽生田秀典が床柱にもたれ、頭を垂れていた。

胸のまんなかには、拳大の穴が空いている。

みたとおり、拳で穴を空けられたのだ。

「殿、肋骨《あばらぼね》も背骨も粉々ですぞ」

「ああ、そのようだな」

もはや、屍骸《むくろ》に用はない。

串部は袖で鼻と口を覆い、存念を披露する。

「化け物は羽生田秀典を脅し、妻女殺しの真相を聞きだした。そのあと、始末したのでござりましょう」

「真相とは何だ」

「色狂いの留守居役が西ノ丸の鬼役に命じて殺らせた。殿が描いたとおりの真相にござります。羽生田秀典も真相を摑んだ。されど、石見守には頭があがらぬ。糾《きゅう》弾《だん》するかわりに、媚《こ》びを売ろうと考えた。妻女を看取った殿に濡れ衣を着せることで、姑息にも留守居役の信頼を得ようとした。突然あらわれた化け物にも、殿が殺ったのだと嘘を吐いたのかもしれませぬ」

「だとすれば、墓穴《ぼけつ》を掘ったな」

いったんは嘘を信じた化け物が、事の真偽を確かめに舞いもどってきたのだ。

「殿は妻女を看取られたにすぎませぬ。濡れ衣を着せたとすれば、まさに恩を仇で返す所業《しょぎょう》にござる。無残《むざん》な死にざまを晒すことになっても、文句は言えますまい」

蔵人介は黙って踵《きびす》を返し、廊下を渡って表口に戻った。

玉山が朋輩《ほうばい》らしき相手と、外でこそこそ喋っている。

「ひどいありさまだが、おかげで口封じの手間が省けたというものじゃ」

「しっ、滅多《めった》なことを申すでないぞ」

蔵人介が顔を出すと、玉山は引きつったような笑みをかたむけた。

「鬼役どの、惨状をご覧になったか」

「ふむ」

「羽生田家は呪われているとしかおもえぬ。下手人に心当たりは」

「あったら、どういたす」

「是非とも教えていただきたい。拙者、本丸に移ったあかつきには、御目付の組頭になることが内々《ないない》にきまっておる。これも、お役目のうちじゃ」

御目付の組頭ともなれば、御膳奉行よりも格上だ。

それがわかっているので、玉山の態度は大きい。

「鬼役どの、隠し事はためにならぬぞ」

蔵人介は苦笑し、内に渦巻く怒りを抑えこんだ。

「心当たりなどあるはずもなかろう。ご妻女のご位牌に線香の一本でもとおもい、伺ったまでのはなしだ」

「じつは拙者もな、羽生田さまからはなしがあると呼びつけられ、参じてみたらこのありさまじゃ。ひと足ちがいで賊は逃したが、なあに、きっと捕まえてみせる」

「功を焦れば墓穴を掘るぞ」

言い捨てて踵を返した背中に、玉山の舌打ちが聞こえてくる。

もうひとり引導《いんどう》を渡す悪党が増えたな、と蔵人介はおもった。

八

弥生十五日。

柳橋から舟を仕立て、満々と水を湛《たた》える隅田川を遡った。

隅田川が荒川とぶつかる鐘《かね》ヶ《が》淵《ふち》の手前で右岸に舳先《へさき》を寄せ、内川《うちかわ》と呼ぶ水路に進入すると、地鳴りのような読経《どきょう》に腹を揺さぶられた。

「梅若法要にござります」

幸恵は頬を紅色に染める。

薄曇りの空はどうにか雨を降らさずにいるものの、午刻まで保つかどうかはわからない。

参詣人たちは雨を望んでいるふうでもある。

梅若丸の死を悼《いた》んで狂女と化した母御前。母の流す涙になぞらえた涙雨に降られたらご利益《りやく》があると信じているからだ。

「それにしても、お義母《かあ》さまはなにゆえ、梅若丸の塚を拝もうなどと仰せになったのでしょう」

幸恵は首をかしげた。

たしかに、矢背家にとって梅若詣《もうで》は年中行事ではない。

「しかもなにゆえ、先に行かれたのでござりましょう」

言いだしっぺの志乃は孫の鐵太郎を連れ、ひと足先に木母寺へ着いているはずだ。

蔵人介は返事もせず、川面から顔を出した鯔《ぼら》をみつめた。

土手際の道と同様、川筋もずいぶん混みあっている。

ふたりは山門のかなり手前で舟を降りた。

参道はこの日を待って参じた客で埋めつくされている。

どうにか山門を潜り、ひとまずは境内の東にある塚へ向かった。

はぐれぬように手を差しのべると、幸恵は恥ずかしそうに手を握りかえしてくる。

鐵太郎がいっしょなら、こうはいかない。

蔵人介は喉の渇きをおぼえた。

何やら、若いころに戻ったようだ。

喉はからからなのに、掌《て》は汗ばんでいる。

人の波に揉まれていると、塚の手前までやってきた。

ごつごつとした岩を積みあげてできた塚は、約九百年前にこの地で病死した梅若丸を憐《あわ》れみ、忠円《ちゆうえん》という阿闍梨《あじやり》が築いたものだ。塚とともに植えられた柳は遥《はる》かむかしに枯れてしまったが、権現《ごんげん》家康が「梅柳山」の山号を与えた際に植えさせた柳は今もある。

はじめに塚があり、のちに寺ができた。

梅若丸の「梅」に因んで「木母寺」と名付けられた寺は、梅若山王権現の霊地にほかならない。

とはいうものの、参詣人の多くは墨堤《ぼくてい》の花見ついでに足を延ばした遊山客だ。

空はいっそう暗くなってきた。

「ひと雨きそうだな」

塚を拝んで戻ろうとしたところへ、鐵太郎が小走りにやってくる。

「母上」

幸恵はさりげなく手を離した。

「鐵太郎、おまえ、父と母をよくみつけられましたね」

「目を凝《こ》らしておりましたもので」

手を繋いでいたすがたもみられたのだろうか。

困った。

幸恵は気を取りなおすように問うた。

「お祖母《ばあ》さまは」

「本堂の裏手でお待ちでです。おふたりをお連れしろと」

「まあ、どうなされたのでしょう」

幸恵はこちらを振りむく。

「とりあえず、参ろう」

鐵太郎に先導させ、参道の喧噪《けんそう》から逃れた。

本堂の裏手には墓地がある。

踏みこんでみると、奥行きがあった。

「表の騒ぎが嘘のようですね」

幸恵はいぶかしげに眉をひそめる。

「鐵太郎、お祖母さまはなぜ、このようなところへ」

「しかとわかりませぬ。槐《えんじゅ》のそばに舟形後背《ふながたこうはい》の五輪塔《ごりんのとう》があるので、そこまでお連れしろと仰せに」

「舟形後背の五輪塔ねえ」

卒塔婆《そとば》の林に目を凝らすと、槐らしき木が骨のような枝を伸ばしていた。

なるほど、舟形後背に五輪塔を彫った石碑が佇んでいる。

志乃はこちらに背を向けて屈み、香華を手向けていた。

呼ばずとも気配を察し、ゆっくり振りむく。

「来られましたな」

にこりともせず、真剣な眼差しでみつめる。

蔵人介は大股で近づき、顔をしかめた。

「養母上、何をしておられる」

「みてわからぬか。祈りを捧げておるのじゃ。この五輪塔はのう、道端で野垂《のた》れ死んだ名も無き者たちを弔ったものじゃ」

「ほう」

「年に一度の大法要にも、訪れる者はほとんどおらぬ。されど、美晴どのは月に一度の月命日《つきめいにち》にはかならず参じておられた。教えてくれたのは、美晴どのに従《つ》いておったおみつという娘じゃ」

「おみつなら存じております」

「まあ聞け。なにゆえ、美晴どのが五輪塔を拝んでおられたのか」

その理由は、十数年前に生き別れになった幼子《おさなご》の供養《くよう》らしかった。

「美晴どのには譲という子があった。京の山里《やまざと》に暮らしておったころのはなしじゃ。少し目を離した隙に、その子は何者かに盗まれた。鞍馬山の天狗《てんぐ》の仕業だと言う者もあったが、人買いにさらわれたと信じられておった。風の噂でその子が奥州へ売られていったと聞き、母はあとを追ったのじゃ」

それが京を離れた理由なのか。

「母はこの江戸で、わが子の消息《しょうそく》を知った」

人伝に聞いた人買いの名から根気強く一年掛かりで調べあげ、判明したことであったという。

「執念じゃな。されど、母の望みはかなえられなんだ」

人買いにさらわれた子は木母寺のそばで病に倒れ、亡くなってしまったのだ。

「美晴どのはこの五輪塔にわが子も葬られているものと信じ、十数年というもの、毎月欠かさず祈りに訪れたのじゃ」

志乃は黙りこみ、舟形後背の五輪塔をじっとみつめる。

あたかも、美晴のすがたを捜しているかのようだった。

「されどな、世の中とは無常なものよ。亡くなったとばかりおもいこんでいた子は、京で生きながらえておったのじゃ」

「えっ」

驚く蔵人介に向かって、志乃は悲しげに微笑んだ。

「事の顚末《てんまつ》を詳しく教えてくれた者がおる」

風もないのに、槐の葉が揺れた。

「さあ、すがたをおみせなさい」

志乃に誘われ、木陰から大男があらわれた。

「うぬ」

蔵人介は身構える。

幸恵と鐵太郎は仰天《ぎょうてん》し、声をあげることもできない。

「この者は猿彦《さるひこ》、八瀬の男じゃ」

志乃が静かに言った。

「御所の鬼門《きもん》を守る猿でもある。時折こうして金網から抜けだし、御所の役人どもを慌てさせる。じつは、猿彦こそが美晴どのの亭主だった男でな。駆け落ちも同然に夫婦《みょうと》となり、子までもうけたにもかかわらず、不運が重なって別れてしもうた」

なかば予想していたとはいえ、蔵人介は驚きを隠せない。

「それにしても、なぜ、猿彦どのは江戸へ出てこられたのか」

「わたしが報《しら》せたのじゃ。美晴どのが何者かに殺められたとな」

危急《ききゅう》の報せを受け、東海道を二日二晩ぶっ通しで駆けてきたのだという。

志乃の一報を受けるより以前に、猿彦は美晴に文を出していた。

――譲は生きている　逢いにこい
それが早飛脚によってもたらされた文の内容だった。

「若いふたりは、近衛家の裏庭で出遭《であ》った。ひと目惚《めぼ》れというやつじゃ。されど、侍従の娘と八瀬の男とでは身分がちがう。ふたりはいっしょになることを望んだが、娘を裕福《ゆうふく》な商家へ嫁《とつ》がせたい父親の猛反対に遭い、仕方なく駆け落ちも同然に八瀬の地へ逃げこんだ」

それでも、娘の父親はあきらめきれず、美晴にたいして「家に戻るか縁を切るか、どちらかを選べ」と迫った。反目《はんもく》する期間がしばらくつづき、父親は娘の産んだ子の顔もみずに心労《しんろう》で逝《い》ってしまった。

「そこからさきは、のちになってわかったはなしじゃ」

面目を潰《つぶ》されたと怒った縁者が報復を企て、人買いを雇って猿彦と美晴の子を盗ませたのだという。

一方、人買いが江戸へ向かったと聞かされた美晴は、何もかも捨ててわが子を捜す旅に出た。そして、この江戸で譲が亡くなったものと信じこみ、爾来《じらい》、菩提を弔うことで生きながらえていた。

ところが、十数年の歳月を経て、猿彦から文が届けられた。

「猿彦も嘘を信じこまされておったのじゃ」

美晴は子を盗まれて気が触れ、上賀茂《かみがも》の深泥池《みどろがいけ》に身を投げたと聞かされていた。

何年もそう信じて疑わなかったが、数年前にとある噂を耳にし、美晴の縁者に謀《はか》られたことを知った。

真相を調べずに済ませたことに負い目を抱きつつ、猿彦は子盗りに関わった縁者たちをことごとく殺め、八方手を尽くしてわが子を捜しまわった。そして、貴船神社《きぶねじんじゃ》の神官に預けられていた十三歳の男児をみつけた。

「皮肉なものじゃ。十数年ものあいだ、わが子は目と鼻の先におったのじゃからな」

猿彦は事情をはなして譲を貰いうけ、八瀬の地へ連れてかえった。

幾月か経て、譲本人にも数奇な事情は理解できた。

「猿彦は心の底から、美晴とわが子を逢わせてやりたいと願ったのじゃ」

美晴が生きていることは、縁者の口から聞きだしていた。幕臣の後妻になっていることも人伝に聞いていたが、自分を裏切ったのではなく、わが子に逢いたい一心で京を離れた心情を察することもできた。

それでも、十数年の空白がある。

美晴にとっては、迷惑なはなしかもしれない。

「猿彦は悩みぬき、必死のおもいで文を送ったのじゃ。そして、美晴は梅若丸になぞらえ、死んだとあきらめていたわが子が生きているのを知った。逢いたい。ひと目でいいから顔をみてみたい。それは腹を痛めた母の心じゃ。猿彦が案ずることは何ひとつなかった」

志乃のはなしを聞きながら、猿彦は泣いている。

血の涙を流す大男のすがたに打たれ、蔵人介も貰い泣きをしそうになった。

志乃は睫《まつげ》を伏せ、ほっと溜息を吐く。

「邂逅《かいこう》できるはずであったに、運命とは過酷なものよ」

猿彦は涙を拭き、深々と頭を垂れた。

「蔵人介どの、先日はすまぬことをした。わしは愚かにも羽生田秀典のことばを信じたのじゃ」

蔵人介が美晴を殺めたものと信じ、頭に血をのぼらせてしまった。

「志乃さまの養子であることも知らず、おぬしを亡き者にしかけた」

もはや、そんなことはどうでもよい。

美晴の無念をおもうと、胸が張りさけそうになる。

鐡太郎が、ふいに空を見上げた。

頬に冷たいものが降ってくる。

「涙雨じゃ」

志乃がつぶやいた。

天も、望みを絶たれた母の無念を悲しんでいる。

「悲劇をもたらしたのは、西ノ丸留守居の大迫石見守じゃ。猿彦が羽生田秀典から何もかも聞きだしたわ」

下手人の確証は得られた。

あとはやるだけだと、志乃は言う。

蔵人介は顎を突きだした。

「養母上《ははうえ》、何を血迷っておられる」

「血迷ってなどおらぬわ。悪辣非道《あくらつひどう》な輩を葬るのに、ためらってなどおられようか」

「お待ちくだされ」

「言うな。それ以上、申すでない。石見守は、わたしが始末をつける」

志乃は苔生《こけむ》した五輪塔をみつめ、呻くように吐きすてた。

墓石を叩く雨音の狭間から、僧たちの読経が聞こえてくる。

蔵人介は抗うことばをみつけられず、悄然《しょうぜん》と佇むしかなかった。

九

五日後。

志乃に迷いはない。

胸に渦巻くのは、後悔だけだ。

美晴に申し訳ない。

江戸で頼る者も少ないのに、いつのまにか疎遠《そえん》になってしまった。

同じ八瀬の地に縁ある者として、もっと気に掛けておれば不幸な目に遭わせずに済んだかもしれない。そうおもうと、居たたまれない気持ちにさせられた。

「仇はわたしが討つ」

美晴を不幸に陥れた石見守に引導を渡すのだと、自分でも抑えきれぬほどの怒りに衝き動かされている。

蔵人介から「勝手に動かれては困る」と言われ、かちんときた。

だから、いっさい相談はしていない。

宮仕えの養子を巻きこみたくない心理もはたらいた。

猿彦は「正面から挑めばよい」と訴えたが、石見守の周辺を調べてみると容易ではないことがわかった。

羽生田邸の惨劇があって以来、石見守は必要以上に警戒を強めている。

自邸内には十重二十重《とえはたえ》に用人どもが配され、猿彦の力量をもってしても侵入するのは難しく、城の行き帰りを狙うのも確実な手段とは言いきれなかった。

「策をめぐらさねばなりませんね」

志乃には茶道の心得がある。そこに目をつけた。

花見の茶会に招じられた武家娘のなかに、石見守が好みそうな娘がおり、たまさかその娘が志乃のもとへ茶を習いに通っていた。

名は富《とみ》、加賀前田家に仕える重臣の娘だ。

志乃は同藩の奥向きで薙刀を指南していたことがあり、その縁で親たちから何かと頼りにされていた。

十七の富は四肢の長い、鼻筋の通った娘だった。

四肢の長いは盗人《ぬすっと》の相《そう》などと、陰口《かげぐち》をたたかれても気にしない。

朗《ほが》らかで好奇心が強く、しかも富士額に泣きぼくろもあるとくれば、もう石見守が放っておくはずはなかった。

ゆえに、良心の呵責《かしやく》を感じつつも、秘《ひそ》かに名を借りることにした。

富を餌にして石見守に近づき、隙を盗んで命を奪ってくれよう。

鬼の血筋を引く者でなければ、おもいつくことではない。

猿彦にだけは、秘策を打ちあけた。

いざとなれば、猿彦が屋敷に躍りこみ、救ってくれるにちがいない。

たとい、救ってもらえずともよかった。

命と交換にすればよいだけのはなしだ。

志乃は一命を賭け、石見守の首を獲ろうと覚悟をきめていた。

鐵太郎に稽古をつけられなくなるのは淋《さみ》しいが、祖母の死にざまを糧《かて》にしてくれることを願っている。

「命など惜しくはない」

背には杏子《あんず》色の夕陽がある。

志乃はひとり、石見守邸の門前に立った。

「当家に何かご用でも」

門番に誰何《すいか》され、落ち着きはらった口調で応じる。

「前田家の奥向きより参じました」

「お聞きしております。奥女中の志乃さまで」

「はい、志乃と申します」

「されば、どうぞ」

門番に導かれて敷居をまたぐと、物々《ものもの》しい扮装《いでたち》の用人たちが邸内をうろついていた。

誰ひとり、老いた奥女中に注目する者はいない。

表口にいたり、偉そうな用人頭を呼びとめる。

「あの、前田家の奥向きより参じました。世話役の志乃と申しまする」

「おう、来られたか。約定《やくじょう》の刻限より、ちと早《はよ》うござりますな。何でも、わが殿に茶の湯を習いたい姫がおありとか」

「はい。前田家重臣の娘で、富と申します。花見の茶会にお招きいただいたおり、石見守さまのご威光《いこう》に目もくらむほどのおもいを抱き、お許しいただけるのであれば一度茶室にお招きいただき、手ほどきをお願いできまいかと。図々《ずうずう》しいお願いだということは重々承知のうえでのことにござりまする」

「なあに、案ずることはござらぬ。そうしたご要望は何もめずらしいことではない」

用人頭はじゅるっと唾を啜り、中高《なかだか》の顔を近づけてくる。

「姫は富どのと仰ったな。じつを申せば、わが殿もご存じであった。機会があればこちらから茶室にお招きしようと、段取りを命じられておったところでな」

志乃は愛想笑いを浮かべる。

「相思相愛とは、このことにござります。されど、本日は婆の下見ゆえ、富はまかりこしませぬ」

「それも聞いてござる。何でも、お世話役のお女中が殿のご作法《さほう》をお確かめになりたいとか」

「なにぶん、不作法な田舎者《いなかもの》ゆえ、ご作法を知らねば恥を掻きましょう。富に恥を掻かせたくはありませぬ」

「何事にも段取りは必要でござろうからな」

「こちらの勝手な都合でご迷惑をお掛けすることになりました」

志乃はさっと身を寄せ、用人頭の袖に金子《きんす》を落とす。

「おっと、むふふ。さすが、百万石のお女中は心遣いがちがう。なあに、わが殿は寛大なお方ゆえな、茶釜《ちゃがま》を沸かしてお待ちかねでござる」

「それはもったいないことにござります」

「お世話役のご機嫌を損《そこ》ねては、富どのにいらしていただけぬことにもなりかねぬ。くれぐれも粗相《そそう》があってはならぬと、われらも厳しく申しつけられておる」

「何から何まで、ありがたいことで」

「されば」

用人頭に誘われ、志乃は雪駄を脱いだ。

長い廊下を渡り、離室《はなれ》に向かっていく。

間抜けそうな金柑《きんかん》頭を眺め、志乃はほくそ笑んでいた。

庭の片隅に咲く黄色い花は、母子草《ははこぐさ》とも呼ぶ御形《ごぎょう》であろうか。

「……美晴どの」

そっと囁き、正面に胙子を据える。

細工は流々《りゅうりゅう》、仕上げを御覧《ごろう》じろ。

志乃は胸に唱えつつ、虎穴《こけつ》へ踏みこんだ。

十

飛び石を伝って中門を抜け、寂《さ》びた簀戸《すど》門を通りすぎる。

風情のある数寄屋は、離室《はなれ》に面した庭の片隅にあった。
あと十日もすれば開花する卯《う》の花の垣根で囲ってある。
数寄屋の外には、大小を差した番犬が一匹しかいない。
四角い顔の大柄な男だ。
それが武藤平内という西ノ丸の鬼役であることを、志乃は知る由《よし》もなかった。
たかが用人一匹と、高《たか》をくっている。
逃げ場のない茶室にさえ潜入できれば、勝負はあったも同然だ。
武藤から蛇のように睨まれても、志乃はまったく動じない。
「こちらへ」
慇懃《いんぎん》に招じられ、砂雪隠《すなせっちん》のある待合いでしばし待たされた。
織部燈籠《おりべとうろう》を眺めながら萱門《かやもん》を潜り、蹲踞《つくばい》で手を浄める。
武藤は離れていった。
正面に数寄屋があり、躙《にじ》り口の手前まで進んで屈む。
「失礼いたしまする」
ひと声掛けて躙り口に身を差しいれると、鶴首《つるくび》の茶釜が湯気を立てていた。
「ようこそお越しくだされた」

媚茶《こびちゃ》の絽を纏った大迫石見守は点前畳《てまえだたみ》で応じ、大らかに笑いかけてくる。

四畳半の茶室は、利休《りきゅう》好みの又隠《ゆういん》だった。

左手は水屋へつづく茶道口、右手は客畳で、正面の床の間には柳に幽霊の描かれた水墨画《すいぼくが》が掛かっている。

床柱の竹筒からは、白い小手毬《こでまり》が垂れていた。

眼差しを下げれば下地窓《したじまど》が穿《うが》たれているものの、採光《すく》はほどよく抑えられている。

石見守は茶釜の蓋を取り、茶柄杓《びしゃく》で器用に湯を掬《すく》った。

茶勺《ちゃしゃく》の櫂先《かいさき》に抹茶を盛り、暖めた黒楽茶碗《くろらくぢゃわん》に湯を注ぐ。

茶筅《ちゃせん》を巧みに振り、さくさくと泡を立てはじめた。

一分の隙もない所作《しょさ》は、ひとかどの茶人である志乃の目からみても堂に入ったものだった。

すっと、黒楽茶碗が差しだされた。

志乃は手に取り、ひと口に呑みほす。

「けっこうなお点前」

神妙に発し、黒楽茶碗を愛《め》でる。

注目すべきは、釉薬《ゆうやく》の一部が筋状に掻きおとされたかのごとき風貌《ふうぼう》であった。

「雨雲《あまぐも》にござるよ」

石見守は自慢げに眸子を細める。

「まさか、これが光悦《こうえつ》の雨雲」

「ご信じになられぬのか。家慶公より拝領《はいりょう》の逸品《いっぴん》にござる」

本阿弥《ほんあみ》光悦と言えば、寛永《かんえい》の三筆《さんぴつ》にも数えられた書家《しょか》にして刀剣の目利き、歌詠みや茶人としても知られ、秀吉や家康にもその幅広い才能を認められていた。

雨雲は光悦の手で捻《ひね》られた楽茶碗の傑作、天下の宝物と言っても過言ではない。一個人が所有するものではなく、ましてや、石見守のごとき無粋《ぶすい》な輩が触れることの許されるものではなかった。

どうせ、似非《えせ》光悦にちがいあるまい。

とはおもいつつも、家慶から下賜《かし》されたものとなれば本物である公算も大きい。

わずかに、楽茶碗を持つ手が震えた。

緊張のせいもあるが、得《え》も言われぬ怒りに衝きあげられたのだ。

許せぬ。

奸物《かんぶつ》ごときに、雨雲を使わせてなるものか。

志乃の震えを見定め、石見守はさも愉快そうに笑った。

「ぬほほ、雨雲と聞いて臆《おく》したご様子。じつは、客人が驚き怖れるのをみるのも楽しみのひとつでな。されど、ご案じめさるな。いかに天下の名物であっても、所詮は茶碗にすぎぬ。茶碗ひとつで国が買えたなどというのは、わしに言わせれば、莫迦げたはなしにござるよ」

志乃は雨雲をみつめ、屈辱に耐えつづけた。

石見守がさっと手を伸ばし、雨雲を奪いさっていく。

「して、富どのはいつお越しになられる」

「いつなりとでも。お望みとあらば、一両日中にもお連れ申しあげましょう」

「それは重畳《ちょうじょう》。わが点前、世話役どののお眼鏡《めがね》にかなったとみえる」

「ほほほ、ほほほ」

志乃は袖を口に当て、仰けぞるように笑った。

まるで、狂女のごとき変貌《へんぼう》ぶりだ。

「いったい、どうなされた」

「その賢《さか》しらな顔、可笑《おか》しゅうてなりませぬ。正直に言わせてもらえば、茶に邪心が混じっておりまする」

「ん、どういう意味かな。仰る意味がわからぬが」

「説くまでもないわ。奸臣め、おのれの心に聞くがよい」

志乃は匕首《どす》の利いた声を発し、ぐっと睨みを利かせる。

石見守はうろたえた。

「おぬし、何者じゃ。わしを謀《たばか》りおったのか」

「今ごろ気づいても遅いわ。この色狂いめ。美晴どのの恨み、晴らさでおくべきか」

志乃は昂然《こうぜん》と吐きすてるや、懐中に隠しもっていた短刀を引きぬく。

いや、抜きかけたところで、動きを止めた。

石見守がいつのまにか、短筒《たんづつ》を握っていたのだ。

「くふふ、莫迦め。飛んで火に入る何とやらじゃ」

――ぱん。

乾いた筒音が茶室に響いた。

胸に痛みを感じつつも、志乃は躙り口に這っていく。

「逃しはせぬぞ」

後ろから影が迫った。

志乃は振りむき、石見守の股間を蹴りあげる。

「ぐえっ」

石見守が潰れる隙に、躙り口から這ってでた。

そこに、武藤平内が待ちかまえていた。

「くせものめ」

志乃は胸元を血で濡らし、意識も朦朧《もうろう》としはじめている。

「……ふ、不覚をとったか」

こうなれば、自刃《じじん》して果てるまで。

震える手で、短刀の柄を握りしめた。

刹那《せつな》。

風が揺れ、大きな人影が垣根を飛びこえてきた。

猿彦だ。

「ぬおっ」

両手をひろげ、武藤の背に襲いかかる。

「化け物め」

西ノ丸の鬼役は振りむきざま、白刃を一閃させた。

「あっ」

声をあげたのは、志乃だ。

猿彦の太い右腕が、肘の上ですっぱり断たれた。

「くっ」

すかさず、猿彦は左拳を突きだす。

――ぐしゃっ。

鈍い音とともに、武藤は白目を剝いた。

鉄の拳に鼻の骨を折られ、昏倒《こんとう》したのだ。

「志乃さま、しばし待たれい」

とどめを刺す余裕もない。

猿彦は数寄屋に肩からぶちあたり、茶室のなかへ転がりこむ。

石見守はすでに影もなく、鶴首の茶釜だけが湯気を立てていた。

猿彦は沸騰した茶釜を蹴りつけ、輪斬りにされた右腕の斬り口を真っ赤な炭に押しつける。

――じゅっ。

肉の焦げる臭いがした。

「ぬおおお」

獣のような咆吼《ほうこう》を聞きつけ、用人どもが廊下の向こうから駆けてくる。

「志乃さま」

名を呼ばれた瞬間、ふっと身が軽くなった。

岩のような肩に担がれ、宙高く飛んでいる。

猿彦は左腕ひとつで志乃を担ぎ、はっとばかりに垣根を飛びこえた。

さらに、屋敷を囲む海鼠《なまこ》塀をも乗りこえ、傾斜のきつい庾嶺坂を駆けのぼっていく。

志乃は夢とうつつの間境をさまよいながら、沈丁花《じんちょうげ》の芳香を嗅いでいた。

大迫石見守のことも、猿彦や美晴のことも忘れ、ただ、洛北の里山に遊んだ幼き日のことをおもいだしている。

「……父上」

父の大きな肩に座り、天満宮の参道で赦免地《しゃめんち》踊りを見物した。

そのときに舐めた飴玉《あめだま》の味までが蘇ってくる。

炊煙の立ちのぼる家に帰れば、母が里芋《さといも》の煮転がしをつくって待っていた。

「……母上」

やがて、幼き日の記憶は薄れ、懐かしさも後悔も何もかもが粉々に砕け、志乃の意識は白い闇に溶けていった。

十一

八日後、弥生二十八日。

志乃は一命をとりとめた。

猿彦のほどこした止血のおかげだ。

鉛弾《なまりだま》は心ノ臓をわずかに逸《そ》れ、貫通していた。

起きあがれぬほどの重傷だが、意識はしゃんとしている。

一方、右腕を失った猿彦はどこかへ消えた。

迷惑を掛けたくないとおもったのだ。

容態《ようだい》が案じられる。

数日は波風もなく過ぎていった。

蔵人介も何食わぬ顔で出仕したが、嫌な予感は的中し、下城の帰り道に公人朝夕人が待ちかまえていた。

「鬼役どの、何やら厄介事に巻きこまれましたな」

「ふん、おもしろがっておるのか」

「いいえ、警告にまいりました。三日のうちに御目付の使者が納戸町の御屋敷を訪れましょう」

「ほう」

「若年寄さま直々の命により、羽生田秀典殺しの吟味がございます」

「吟味だと。まるで、下手人扱いではないか」

「鬼役どのが怪しいと、名指しした者がござる」

「西ノ丸の悪党どもか」

「よくご存じで。訴えをおこなったは玉山文悟なる太鼓持ち。御留守居大迫石見守の意を汲んだものかと」

「わしに濡れ衣を着せるつもりか」

「さしたる理由はござらぬ。鬼役どのが何とのう、目障りだからにござりましょう。その程度のことで腹を切らされては、たまったものではありませぬな」

「腹を切るだと。ふん、莫迦らしい」

不幸中の幸いは、志乃の素姓を知られていないことだ。

「さすが鬼の血を引く女傑、おもいきったことをなさる」

「何でもおみとおしか」

「いいえ。羽生田秀典を殺め、石見守邸に右腕を捨てていった化け物の素姓がわかりませぬ」

「八瀬の男さ」

「なるほど、それは捨てておけませぬな」

公人朝夕人は、じっと考えこむ。

「なぜだ。おぬしに関わりはなかろう」

「いいえ。八瀬の者たちもわれら同様、市井の人々からあってなきかのごとき扱いを受けてまいりました」

数々の辛酸《しんさん》を嘗《な》めてきた者同士、通いあう心情はあるという。

「ふうん、おぬしに情けを解する心があったとはな」

「誤解なきように。八瀬の男を救うつもりは毛頭ござらぬ。拙者はあくまでも、鬼役どのに橘さまの密命を伝えにまいったまで」

「密命だと」

「はい。大迫石見守に引導を渡せとのことにござります」

「何をいまさら、命じられるまでもないわ」

「そうでござりましょうとも。ただし、お急ぎになられたほうがよい。若年寄さまの使者はおそらく、その場で縄を打つ覚悟で参りましょう。この件を沙汰《さた》止《や》みにいたす手はただひとつ、罠を仕掛けた悪玉《あくだま》を葬るしかござりませぬ」

蔵人介は、眸子を怒らせた。

「橘さまにお伝えしろ。余計な気遣いは無用だとな」

「しかと。それから、もうひとつ」

「まだあるのか」

「はい。武藤平内は、本日非番にござります」

「なに」

夕刻、自邸のある番町から市ヶ谷御門を抜け、ちょうど暮れ六つの鐘が鳴るころ、逢坂の坂下あたりへ差しかかるにちがいあるまいという。

「ここ数日は、鬼役どのを嵌《は》めた太鼓持ちとつるんでおりますれば、二匹まとめて葬ることができるやも」

「なにゆえ、教えるのだ」

「手間を省いたまで。八瀬の男も、右腕を失った恨みを晴らすつもりでおりましょう。されど、いかに化け物とて、手負いでは武藤にかないませぬ」

「助けたいのか」

「犬死にだけは回避させたい。そうおもうたまでのこと。拙者の知るかぎり、武藤平内を斃《たお》すことができるのは、矢背蔵人介ただひとり。なれど、こたびばかりは、酒合戦のようなわけにはまいりませぬぞ」

公人朝夕人は不敵な笑みを残し、旋風《つむじかぜ》とともに消えた。

十二

武藤平内は紛れもなく、石見守の飼い犬になりさがっている。

調べてみると、本丸目付への転進という異例の出世を約束させたことへの見返りだった。

武藤は出世と引換に、侍の誇りを捨てたのだ。

命じられれば、女子どもでも平気で手に掛ける。善悪の区別もつけられず、おのれの野心を満たすことだけを考えている。そのような人物が目付になって幕臣を裁くとしたら、良いことなどひとつもない。

「冥府《めいふ》へおくってくれよう」

同じ鬼役が相手でも、蔵人介に迷いはない。

必殺の双手刈りに抗う術も考案していた。

「殿、ちと小腹《こばら》が空きましたな」

富士見馬場から逢坂へ向かう道すがら、串部がとぼけたことを抜かしてきた。

蕎麦屋に立ちよる余裕はないので、蔵人介は何もこたえず、足早に先を急ぐ。

逢坂のてっぺんに立つと、夕照《せきしょう》を浴びて赤銅に染まる千代田城の甍《いらか》がみえた。

――ごおん、ごおん、ごおん。

暮れ六つを報せる捨て鐘が、物淋しげに鳴りはじめる。

鐘朧《しょうろう》とでも言うべき、のどかな春の鐘だ。

蔵人介は逢坂を下りきり、堀兼の井を背にして待った。

やがて、市ヶ谷のほうから、人影が近づいてきた。

ふたりだ。

獲物にまちがいない。

「公人朝夕人の言ったとおりにござる」

「串部」

「はっ」

「太鼓持ちは任せる」

「承知」

応じるが早いか、串部は地を蹴った。

半丁《ちょう》ほど向こうで、ふたつの影が立ちどまる。

「ぬわっ、くせもの」

叫んだのは、狐顔の玉山文悟だ。

かたわらに立つ武藤は、身じろぎもせずにこちらを睨んでいる。

「はあああ」

串部は土煙《つちけむり》を巻きあげ、十間の間合いまで迫った。

武藤は何をおもったか、横飛びで道端へ逃げる。

「あっ、武藤どの」

たじろぐ玉山の顔が、蒼白《そうはく》にかわった。

足許に風が吹きぬけ、強烈な痛みに襲われる。

鮮血が尾《お》を曳《ひ》いた。

勢いよく飛ばされた臑《すね》が、笹叢《ささむら》のなかへ消えていく。

それが自分の臑とも知らず、玉山文悟は地べたに這いつくばった。

一方、武藤平内は股立ちを取って駆けていた。

玉山の命など、どうでもよい。

自分ひとりが生きのこるために、力を温存したのだ。

「屑《くず》め」

蔵人介は吐きすて、道のまんなかに躍りでた。

力量が拮抗《きっこう》していることは、おたがいによくわかっている。

武藤は五間まで近づいて足を止め、荒い呼吸をととのえた。

「矢背蔵人介、酒合戦以来よのう。いずれこうなる運命にあることは予感しておったぞ」

「折られた鼻は癒《い》えたのか」

「ほう、驚いた。化け物と知りあいであったか。さては、あの老女」

「わしの養母《はは》だ。おぬしの手に掛かった羽生田美晴と親しくしておった」

「なるほど、さようであったか。それを聞いて、ようやく謎が解けたわい。正直、得体の知れぬ連中に手を焼いておったのだわ。おぬしに羽生田秀典殺しの濡れ衣を着せようと言ったのは玉山文悟であったが、今になってみれば的外《まとはず》れのおもいつきでもなかったということだな」

「武藤よ、おぬし、鬼役になって何年になる」

「二年と少しだが、それがどうした」

「わしは二十五年と少しだ。鬼役を生涯の役目と考えておる。おぬしのごとく、役目をおろそかにする者は許せぬのよ」

「ふふ、矢背蔵人介とは、おもった以上に融通《ゆうずう》の利かぬ男らしい。あの世に逝っても、ほざいておれ。地獄の釜で釜茹《かまゆ》でにされながら、ご託《たく》を並べておるがいい」

武藤はずらっと刀を抜き、矢を放つ要領で片手斬りを仕掛けてくる。

これを抜き際の一刀で斥《しりぞ》け、逆《さか》しまに中段突きを見舞った。

「ぬえいっ」

「おっと」

武藤は軽く横に躱《かわ》す。

神道無念流にある「横三寸」の動きだ。

自在に身を横移動させ、相手に的をしぼらせない。

「つおっ」

下段の払いが、蔵人介の袂《たもと》を裂いた。

「躱しおったか。さすがだな」

武藤は身を離し、余裕の笑みを浮かべる。

わざと浅く払い、太刀行を隠したのだ。

蔵人介にもわかっている。

敢えて袂を断たせた。

たがいに駆け引きをしながら、相手の出方を探っている。

ふたりは同時に納刀し、刀を持たずに対峙した。

武藤が口をひらく。

「わしもおぬしも、得手とするのは立居合《たちいあい》じゃ。それで勝負を決するのか」

「そうなるであろうな」

つぎの一手で死ぬ覚悟のあるほうが生きのこる。

「小癪な」

武藤は抜いた。

上段の片手斬りだ。

これを蔵人介は抜き際の一刀で斜め上方に払い、双手《もろて》上段に持ちかえて斬りおとしにかかる。

流れるような動きだが、相手の術中に嵌《はま》っていた。

——もらった。

武藤は快哉《かいさい》を叫んだにちがいない。

ずんと、踏みこんでくる。

霞の構えから開いた両手で刀を横一に突きだし、頭上に素早く振りかざす。

——必殺の双手刈り。

相手が刀を斬りおとす勢いを逆手にとり、深く踏みこんで両手を落とす。

美晴もその技で葬られた。

武藤には一片の迷いもない。

「得たり」

横一の刀を頭上に振りかざす。

ところが、落ちてくるはずの刀が落ちてこない。

「何だと」

このとき、蔵人介は両肘を張り、振りおろす動作を途中で止めていた。

「はう……っ」

つぎの瞬間、二の腕と頭を渦のように回転させたのだ。

「ぬおっ」

意表《いひょう》を衝かれた武藤の目に、真横から白刃が飛びこんできた。
驚きの余り、亀のように首が伸びる。
――ぶん。
名刀国次が唸りをあげた。
「ひえっ」
首が飛ぶ。
双手を上に向けた胴だけが残された。
飛ばされた首は、坂道を転がっている。
ことりと起きあがり、驚いたように目を瞠《みは》った。
まるで、置き去りにされた晒《さら》し首のようでもある。
首のまえには、美晴の霊を弔う線香が立ちのぼっていた。

十三

二日後、弥生晦日《みそか》。
家慶が新将軍になるにあたって、後見役《こうけんやく》を自認する大迫石見守は派手な演出を考えだした。

職にあぶれた者たちに日当を払い、浜御殿《はまごてん》のどぶ浚《さら》いをやらせることにしたのだ。何日もまえから市中に立て札が出され、日本橋の南詰めなどに受付所が設置された。

襤褸《ぼろ》を纏った者たちが何百人と集まり、西ノ丸に属する役人たちが総出で受付をおこなった。

衣替えとなる来月からは、本丸と西ノ丸の重臣たちがごっそり入れかわる。お偉方たちの異動に応じて、小役人たちの配置換えも順次おこなわれるであろう。西ノ丸の役人たちは本丸への栄転を望み、ここぞとばかりに懸命さをみせた。

そうしたこともあって、どぶ浚い当日の浜御殿は祭りのような活気に溢《あふ》れ、関わりのない市井の人々も見物に訪れるほどの出来事となった。

石見守を筆頭とする重臣たちも、集まった者たちを満足げに睥睨《へいげい》している。

恒例の行事ではないにもかかわらず、烏帽子《えぼし》に布衣《ほい》まで着けて威厳をみせつけようとしていた。

新将軍となる家慶が駕籠に乗ってあらわれたのは、午刻に近いころだ。

唐土《もろこし》の諺《ことわざ》にも「春風の狂うは虎に似たり」とあるように、浜御殿には朝から強風が吹きあれている。

側近一行の末席《まつせき》には、蔵人介のすがたもあった。

鬼役のひとりとして、昼餉の毒味を仰せつかったのだ。

表向きは武藤平内が不慮《ふりよ》の死を遂げたので代行を命じられたのだが、じつは橘に頼んで裏から手をまわしてもらった。

そうでもしなければ、家慶の側近に混じっていられるはずはない。

本丸の御小姓組番頭から下された命なので、石見守は疑いもしなかった。

蔵人介に羽生田秀典殺しの罪を着せようとしたことも認識の外にある。

こまかいことはすべて、武藤や玉山に任せていた。

気に入った娘を拐《かどわ》かし、手込めにしたうえで何人も捨てた。

金で黙らせた者もあったし、秘かに命を奪った者もあった。

すべての後始末は手下に負わせ、みずからは家慶の信用を得ることだけに心を砕いてきた。

蔵人介が花見の茶会で酒合戦に挑んだことも忘れてしまったにちがいない。

その程度にしか認識されていないことは、蔵人介にとってはかえって幸運だった。

家慶は終始上機嫌で、浜御殿の御座之間で昼餉をとるときも酒を啖《くら》い、豪勢な料理を楽しんだ。外では救民策としてどぶ浚いをやらせているにもかかわらず、膳の料理を食いちらかし、鯛の尾頭付きなどは一片しか口に入れなかった。

もちろん、今さら家慶の行 状《ぎょうじょう》を嘆いたところではじまらない。

蔵人介は隣の毒味部屋にあって、やりきれないおもいを抱きつつも、役目を淡々とこなしていった。

あらゆる雑念を払うべく、昨夜は唯一の嗜《たしな》みでもある面打ちをこころみた。

挑んだ面は武悪《ぶあく》だ。

眦《まなじり》の垂れた大きな眸子《まなこ》に、への字に食いしばった口。

魁偉《かいい》にして滑稽味のある面構えは、閻魔顔を象《かたど》った狂言面にほかならない。

みずからがこの世の閻魔と化し、悪辣非道な輩を成敗する。

その覚悟を鑿《のみ》に込め、身を削るようなおもいで木曽檜《きそひのき》の表面を削った。

はじめて鑿を握ったのは、密命を受けて人を斬った翌晩のことだ。

斬らねばならぬ理由も告げられず、相手の素姓もわからなかった。

ただ、悪人であることを信じて相手を斬った。

そのとき以来、人を斬るたびに面を打ってきた。

経《きょう》を念誦《ねんじゅ》しながら、鑿の一打一打に悔恨《かいこん》と慚愧《ざんき》の念を込める。

面打ちは蔵人介なりの供養でもあり、おのれの罪業《ざいごう》を浄化し、心の静謐《せいひつ》をとりもどす手管《てくだ》でもあった。

蔵人介は能面《のうめん》よりも狂言《きょうげん》面を好み、狂言面のなかでも人よりは鬼、神仏《しんぶつ》よりは鬼畜《きちく》、鳥獣狐狸《ちょうじゅうこり》のたぐいを好む。できあがった面はおのが分身であり、心に潜む悪鬼《あくき》の乗りうつった憑代《よりしろ》だとおもっている。

昨晩も、寝る間を惜しんで打ちつづけた。

荒削りを終えて鑢《やすり》をかけ、漆《うるし》を塗って艶《つや》を出し、ようやくできあがった面の裏に「侏儒《しゅじゅ》」の号を焼きつけた。

侏儒とは取るに足らぬもの、おのれのことだ。

大迫石見守は、志乃を傷つけた相手でもある。

わが世の春を謳歌《おうか》するのも、今日をかぎりに終わりを告げよう。

外にはあいかわらず、髷を飛ばすほどの強風が吹きあれている。

家慶が帰城の仕度をはじめたころ、御殿の外で騒ぎがおこった。

「何事か」

石見守の問いに使い番が参じ、深刻な顔で耳打ちをする。

鋤《すき》や笊《ざる》を持った連中が手間賃が少ないと文句を言い、騒ぎだしたらしかった。

「石見よ、ちとみてまいれ」

家慶の命に平伏し、石見守はそばを離れた。

蔵人介はそれを確かめてから、忍び足で部屋から消える。

御殿の外へ出ると、砂塵《さじん》が濛々と舞っていた。

烏帽子を飛ばしかけた石見守のもとへ、鉄砲隊の組頭らしき者が駆けてくる。

「隻腕《せきわん》の化け物が、暴徒を煽りたてておりまする」

「うつけ者、筒を放って仕留めよ」

「恐れながら、この強風と混乱のなかで筒を使えば、暴動と関わりのない者たちにも多数の犠牲が出ましょう」

「それがどうした。芥《あくた》も同然のやつらではないか。束にまとめて始末せい」

「はは」

蔵人介は影のように追いかけ、組頭の首筋に手刀を叩きこむ。

気を失った組頭から離れ、御殿のそばまで戻ってきた。

石見守は用人たちに守られ、様子眺めに向かうところだ。

長い布衣の袖が風に煽られ、旗幟《きし》のようにはためいている。

何歩か踏みだしたところであきらめ、石見守は厠へ向かった。

用人たちも慌ててあとを追ったが、そこへ突如として鋤を担いだ一団が突っこんでくる。

「木っ端役人どもめ、金を払え」

「おれたちは芥じゃねえぞ」

鬼のような形相の一団を率いるのは、黒鍬者《くろくわもの》に化けた串部だ。

「うわあああ」

用人たちは暴徒の波に呑みこまれ、溺れるように沈んでいく。

石見守は命の危険を察し、たったひとりで厠へ逃げこんだ。

逃れたついでに用を足し、馬のようにぶるっと胴震《どうぶる》いをする。

風が頭上で吼《ほ》えていた。

蔵人介は鼻を摘《つま》み、忍び足で後ろに立つ。

石見守が気配を察し、怯《おび》えた顔で振りむいた。

「うわっ、誰じゃ。寄るな、寄るでない」

「これは石見守さま。どぶ溲いごときに、烏帽子に布衣とは大袈裟《おおげさ》な装束にござりますな」

「そちは鬼役か」

「いかにも。上野山で三升呑まされた鬼でござる」

「なぜ、おぬしがここにおる」

「これは異なことを。昼餉の毒味を命ぜられ、従前《じゅうぜん》より家慶公のおそばに控えておりました。お気づきになりませなんだか」

「おう、そうであったか。おぬしがおって助かった。わしの盾となり、公方様のもとへ連れてまいれ」

蔵人介は、声を出さずに笑った。

「先日来、勘違いしておられるようだ。家慶公はいまだ公方にあらず」

「ええい、やかましいわ。このわしに逆らえばどうなるか、わかっておるのか」

「切腹《せっぷく》にござりましょうか」

「何じゃと」

蔵人介は、ぐっと身を寄せる。

「されど、あの世からでは切腹の命は下せまい」

「な、わしをどうする気じゃ」

「知れたこと。うぬのごとき悪党が生きておっては迷惑千万《めいわくせんばん》」

「待て」

「いや、待たぬ。ふりゃ……っ」

抜き際の一刀で、蔵人介は獲物の右腕を断った。

「ぬげっ」

石見守は痛みに耐えかね、溜《ため》のなかに蹲《うずくま》る。

烏帽子が外れた。

蔵人介は国次を振り、樋《ひ》に溜まった血を切る。

「すぐには死なせぬ。わが子に逢いたいと心から願った母はな、血の涙を流しておったのだぞ」

「……ま、待て……い、命だけは」

「くどい。逝った者の無念を知れ」

蔵人介は国次の刃を寝かせ、水平に滑らせた。

「んぎゃっ」

石見守の皺首《しわくび》は厠のなかで二度三度と弾み、溜の狭間に転がった。

厠から抜けだすと、いつのまにか風は熄《や》み、騒ぎも鎮まっている。

浚ったどぶの山が点々とする浜御殿には、一発の筒音も響かなかった。

十四

卯月《うづき》十日。

遡ること八日前、家斉は西ノ丸に隠居し、家慶が念願となる将軍の座に就いた。家斉の隠居と相前後して、大坂に潜伏していた大塩平八郎父子がみつかり、爆薬を使って壮絶な死を遂げた。

大塩は一度大坂から逃れていたが、嗣子格之助と大坂に戻り、西船場靭《うつぼ》油掛《あぶらかけ》町《ちょう》の『美吉屋《みよしや》』という商家に匿《かくま》われていた。潜伏が一月余りにおよんだころ、不審におもった店の女中にみつかり、大坂城代の摂津平野郷陣屋《ひらのごうじんや》に駆けこまれた。さっそく、土井家城代家老の鷹見泉石《たかみせんせき》率いる探索方《たんさくかた》が捕縛におもむいたものの、覚悟をきめていた大塩父子は胸に抱いた火薬に火を点けて爆死したらしかった。

詳しい経緯《いきさつ》は、公人朝夕人が教えてくれた。

大塩爆死の報を受けても、家斉と家慶はさして関心をしめさなかったという。

暦《こよみ》が立夏《りっか》に替わってからは、雨つづきだった。

八重桜《やえざくら》は疾《と》うに散り、鉄砲洲《てっぽうず》や品川では鱚や鰈の漁《りょう》も解禁となったにもかかわらず、勧進相撲《かんじんずもう》の千秋楽《せんしゅうらく》はまだ来ない。

うららかな午後のいっとき、濡れ縁の日だまりには志乃が座っている。

独活《うど》の糠漬《ぬかづけ》で熱燗を一杯飲《や》ったせいか、気持ち良さそうに微睡《まどろ》んでいた。

「ふふ、蛙《かわず》の目借《めか》りどきとはこのことだな」

鉛弾に撃たれた傷跡は膿《う》まずに済み、からだは快復の兆しをみせている。

垣根の卯の花は雨に恵まれたおかげで、純白の花を咲かせていた。

「義母上《ははうえ》、焙《ほう》じ茶を淹《い》れましたよ」

幸恵に声を掛けられ、志乃は目を醒《さ》ます。

焙じ茶を啜り、さりげなくつぶやいた。

「わたくしを蛙に喩《たと》えて、おもしろがっておるのかえ」

「おや、聞いておられましたか」

蔵人介はにっこり笑い、焙じ茶を啜る。

「ときに、石見守がお亡くなりになったとか」

「もう、ずいぶんまえのはなしにござります」

「先月の晦日であったと、串部に聞きましたよ。表向きは病死として扱われたものの、噂では浜御殿の厠で死んでおったとか。しかも、首の無い屍骸でなあ」

「串部がさようなことを」

「戯《ざ》れ言《ごと》だと申しておったが、わたくしには真実《まこと》におもわれてならぬ。真実ならば、いったい誰が成敗したのであろうな」

志乃はひとりごとのようにつぶやき、焙じ茶をまた啜った。

「養子《むこ》どのに前々から聞こうとおもっていたのじゃが」

「はあ、何でございましょう」

「おぬしの刀、なにゆえ、あのように柄が長いのじゃ」

蔵人介はぴくっと片眉を吊り、何食わぬ顔でこたえた。

「養母上、ただの飾りにすぎませぬ」

「ほほ、そうであろうな。柄の内に抜き身なんぞを仕込んではおるまいの」

「まさか、刺客《しかく》でもあるまいに」

「ほほほ、そうじゃな。おぬしが刺客であるはずもない」

庭につがいの四十雀《しじゅうから》が飛んできて、楽しげに戯れている。

胴着《どうぎ》を纏った鐵太郎が木刀を手にし、裸足で庭におりた。

蔵人介にとっては救いの神だ。

「おう、鐵太郎。お祖母《ばあ》さまに素振りをおみせしろ」

「はい」

鐵太郎はいつになく気合いを入れ、木刀を振りはじめる。

「ふえい、ふえい」

と、そこへ。

卯の花の垣根を揺らし、大きな人影があらわれた。

「なかなか、良い筋をしておられる」

猿彦だ。

志乃が、ぱっと顔を明るくする。

「命の恩人が来られたぞ」

猿彦は惣髪《そうはつ》を靡《なび》かせ、隆々《りゅうりゅう》とした腿《もも》を繰りだした。

「志乃さま、みなみなさま、お世話になり申した」

「京へお戻りになるのかえ」

「はい。これといっしょに、八瀬へ戻りまする」

猿彦はそう言い、首からさげた骨箱《こつばこ》をみせた。

「美晴どのも、さぞお喜びになるであろうの」

「瓢簞崩山《ひょうたんくずれやま》の鬼洞《おにがほら》のそばに、わが一族の墓がござります。美晴もその墓に入れてやろうかと」

「わたくしからもお願いいたしまする」

「志乃さま、京へお越しの際は、かならず八瀬にもお立ちよりくだされ。名物の大窯風呂もござりますれば」

「近衛公も好まれた窯風呂じゃな」

「いかにも」

「約束はできませぬぞ。美晴どのと同様、わたくしも故郷を捨てた身でな」

そうであったのかと、蔵人介は意外におもった。

みずからの過去について、志乃はあまり語りたがらない。

志乃の秘された事情を知ってか知らずか、猿彦は淋しげに微笑みながら頭を垂れる。

「されば、お達者《たっしゃ》で」

垣根の向こうへ去りゆく背中に、志乃が声を掛けた。

「猿彦、譲という子に御所の防《ふせぎ》を継がせるつもりかえ」

「さあ、それは」

「きめるのは、おぬしと村の長老たちであろうがな、わたしはあまり薦《すす》めぬ。檻《おり》に入れられた猿の苦しみは、おぬしがいちばんようわかっておろうからの」

「おことばではござりまするが、檻に閉じこめられておるからこそ、外に出る楽しみも増しまする」

「なるほど、そういうものか。ほほ、要らぬことを申しました」

志乃はすっと立ちあがり、庭におりようとする。

蔵人介と鐵太郎に両脇から支えられ、庭下駄をつっかけた。

庭の一角までゆっくり進み、可憐な白い花を摘《つ》んで束にする。

その花束を、猿彦に手渡した。

「土産代わりにお持ちなされ」

「ありがたい。現《げん》の証拠《しょうこ》にござりますな」

医者いらずの異名もあるとおり、天日干《てんぴぼ》しにした草を煎《せん》じて呑めば下痢《げり》止めの妙薬《みょうやく》となる。

猿彦は歯を剥いて笑い、深々と頭を垂れる。

「されば」

幸恵もいれて、みなで外まで見送りに出た。

隻腕の大猿は大股で遠ざかり、四ツ辻の手前で振りかえる。

左手を高々とあげ、大きく振ってみせた。
その顔は晴れ晴れとして、一点の曇りもない。
初夏の温気《うんき》をふくんだ風が、門前を吹きぬけていった。
——つっぴい、つっぴい。
つがいの四十雀が戯れながら、蒼穹《そうきゅう》の彼方《かなた》へ舞いあがっていく。
遠ざかる鳴き声に耳をかたむけ、蔵人介は一抹の淋しさを感じていた。

光文社文庫

文庫書下ろし／長編時代小説

覚《かく》　　悟《ご》　鬼役《おにやく》 八《はち》

著　者　坂《さか》　岡《おか》　　真《しん》

2013年4月20日　初版1刷発行
2024年11月15日　　　8刷発行

発行者　三　宅　貴　久
印　刷　大　日　本　印　刷
製　本　大　日　本　印　刷

発行所　株式会社　光　文　社
〒112-8011　東京都文京区音羽1-16-6
電話（03）5395-8149　編　集　部
8116　書籍販売部
8125　制　作　部

落丁本・乱丁本は制作部にご連絡くだされば、お取替えいたします。
ISBN978-4-334-76562-0　Printed in Japan

組版　萩原印刷

鬼役メモ

画・坂岡 真

キリトリ線

※ページ内側にあるキリトリ線で切って、備忘録にお使い下さい。

キリトリ線

鬼役メモ

画・坂岡 真

※ページ内側にあるキリトリ線で切って、備忘録にお使い下さい。

鬼役メモ

画・坂岡 真

※ページ内側にあるキリトリ線で切って、備忘録にお使い下さい。

キリトリ線

キリトリ線

鬼役メモ

画・坂岡 真

※ページ内側にあるキリトリ線で切って、備忘録にお使い下さい。

鬼役メモ

画・坂岡 真

※ページ内側にあるキリトリ線で切って、備忘録にお使い下さい。

キリトリ線

キリトリ線

鬼役メモ

画・坂岡 真

※ページ内側にあるキリトリ線で切って、備忘録にお使い下さい。